A Good Girl's Guide to Mahlow

-Allerheiligen Band I-

Von Christian Schwochert

Impressum:

©2024 Christian Schwochert

ISBN Softcover: 978-3-384-35958-2
Druck und Distribution im Auftrag des Autors:
tredition GmbH, Halenreie 40-44, 22359 Hamburg,
Germany

2

Die folgende Geschichte ist selbstverständlich frei erfunden. Und außerdem handelt es sich um eine parodistische Satire; also können die lieben Leute von der BRD-Geheimpolizei sich entspannen ;-). Denn nichts hiervon ist real. Oder?

Kapitel 1: Mifti kommt nach Mahlow

Es war eine dunkle und stürmische Nacht, als Mifti entspannt im Bett lag und ein Charlie-Brown-comic las, in dem Snoopy gerade ein spannendes Abenteuer erlebte. Plötzlich klingelte ihr Handy. Genervt ließ Mifti es erstmal klingeln, weil sie hoffte der Anrufer würde wieder auflegen oder auf den Anrufbeantworter sprechen. Doch irgendwie tat er Ersteres nicht und Letzterer schien nicht zu funktionieren. Also legte Mifti ihr Heft zur Seite und ging genervt ans Telefon. „Wer stört zu so unchristlicher Stunde?", fragte sie an Stelle einer Begrüßung.

„Mifti, ich bin es, dein Vater", lautete die Antwort am anderen Ende der Leitung, obwohl es ja streng genommen eine Leitung nur beim Festnetz gab.

„Ah, der Mann dem ich meinen absurden Vornamen verdanke. Weißt du, dass ich deinetwegen in einer Therapiegruppe in Irland war? In einer Gruppe von Leuten, die unter ihren bescheuerten Namen leiden. Ich saß dort zusammen mit einem Typen namens Adolf Shitler und mit..."

„Mifti, ich weiß; aber eigentlich warst du ja für einen Entzug in Irland. Einen Entzug, den ich bezahlt habe."

„Den habe ich ja auch gemacht. Und nebenbei noch diese Gruppe. Und dabei traf ich auch Sarah O'Buffy und wir beide..."

„Sag nicht diesen Namen. Nicht am Telefon", unterbrach sie ihr Vater etwas besorgt.

„Wieso nicht? Meinst du, die Geheimdienste wissen nicht, dass ich mal Kontakt zu ihr hatte? Die wissen es;

die wissen alles. Also wissen die auch, dass unser Kontakt kurz vor ihrer Machtergreifund in Irland abriss, weil ich wieder nach Deutschland zurück geflogen bin. Ich hatte mit ihr politisch auch nichts zu schaffen, aber wir kamen sehr gut mit einander aus. Außerdem... hat sie denn Unrecht mit dem was sie tut?", fragte Mifti.

„Kindchen, diese Sarah... äh ich meine diese Person hat in Irland einen Putsch durchgezogen, sich zur Königin von Irland ernannt, haufenweise Ausländer rausgeschmissen und dann angeboten, alle Weißen die sich in Mitteleuropa nicht mehr wohlfühlen können nach Irland kommen."

„Ja. Und? Bedingung dafür ist, dass sie Iren werden, die Sprache lernen und die Kultur annehmen. Und das haben sie getan, oder?"

„Ja, knapp fünf Millionen Franzosen haben ihre Koffer gepackt und sind abgehauen. Und als dem Präsidenten dort seine Untertanen davonliefen erklärte er Sa-... äh der Königin den Krieg."

„Und was hat ihm das gebracht Papa? Ganz abgesehen davon, dass man wenn er den Krieg erklärt hat, doch eigentlich auf ihn sauer sein müsste; das Ergebnis war, das Sarah O'Buffy mit ihrer Armee und mit lauter Franzosen die nun Iren sind in der Normandie und in der Bretagne gelandet ist und beide Gebiete in ihr Königreich als Fürstentümer eingegliedert hat. Und nun steht der Präsident von Frankreich dumm da. Was hat er ihr auch den Krieg erklärt?"

„Mifti, er hatte keine Wahl?"

„Wieso? Irland ist nach wie vor Teil der EU und in der EU herrscht Reise- und Niederlassungsfreiheit für alle EU-Bürger; also hat er eigentlich kein Recht seine

6

Bürger davon abzuhalten nach Irland zu gehen, wenn sie sich dort als Weiße sicherer fühlen. Aber mir ist natürlich klar, dass die EU für Frankreich, egal ob der Präsident nun Macron oder Le Pen heißt, vor allem eine Art Selbstbedienungsladen ist, bei dem sie gratis einkaufen dürfen und darauf spekulieren, dass Deutschland die Zeche zahlt. Und außerdem..."

„Mifti, nun kommen wir sehr weit vom Thema ab", unterbrach sie ihr Vater.

„Wieso? Weil dir die Argumente ausgehen?"

„Hör mal; der eigentliche Grund warum ich dich anrufe ist deine Cousine Emma."

„Emma... Emma", murmelte Mifti und überlegte.

„Na Emma Fritz. Das Mädchen, das in Mahlow wohnt. Mahlow!"

Mifti überlegte noch immer. „Ein Ortsteil von Blankenfelde; mit eigener S-Bahnstadtion. Na ja, zumindest wenn an den Gleisen nicht gerade gebaut wird. Es liegt im Landkreis Teltow-Fläming im ostdeutschen Bundesland Brandenburg."

„Ach ja, die kleine Emma. Ist eine Weile her, seit ich sie gesehen habe. Haben wir sie und ihre Mutter nicht damals in Mahlow besucht?", fiel Mifti nun wieder ein.

„Ja, aber das ist schon eine Weile her. Inzwischen ist das gute Mädchen nicht mehr so klein. Sie ist... warte mal... sie müsste 16 oder 17 sein. Wann wurde sie nochmal geboren?"

„Ach Papa, bis eben wusste ich mit ihrem Namen nicht viel anzufangen; du kannst nicht erwarten, dass ich mich an ihren Geburtstag erinnere. Ich weiß noch, als wir bei ihr und ihrer Mutter zu Gast waren, wollte sie unbedingt das Brettspiel 'Der Werwolf von Düsterwald' mit mir spielen...“

„Ich glaube, es heißt 'Die Werwölfe von Düsterwald'.“

„Ist doch egal. Jedenfalls stand sie total auf Werwölfe. Oh... und jetzt fällt mir ein, dass wir irgendwann man ihren Geburtstag an einem Donnerstag gefeiert haben“, erinnerte sich Mifti.

„Kann sein. Aber der Punkt ist, dass ihre Mutter deine Hilfe gebrauchen kann.“

„Wobei?“

„Nun, Emma ist süchtig geworden.“

„Oh je. Ich weiß, wie übel das sein kann. War nicht einfach von dem ganzen Zeug los zu kommen, aber wenn du und Emmas Mutter wollen, fahre ich nach Mahlow und sehe mal, ob ich ihr ein wenig helfen kann. Im schlimmsten Fall hilft aber nur ein Entzug.“

„Nur fürchte ich, dass in diesem Fall keine Entzugsklinik sie aufnehmen wird, denn sie ist nicht nach Drogen süchtig, sondern danach einen Mordfall aufzuklären, der sich vor einigen Jahren in Mahlow ereignete.“

Mifti fiel ihr Handy aus der Hand. Ein paar Sekunden später fragte ihr Vater am Telefon: „Mifti? Mifti?“

Da nahm sie das Handy wieder von der Bettdecke in die Hand und schrie hinein: „Sag mal hast du sie noch alle?! Deswegen rufst du mich mitten in der Nacht an?! Sie ist nicht etwa süchtig nach Drogen, sondern will bloß einen Mordfall aufklären?! Wo zur Hölle liegt dann das Problem?! Lasst sie doch einfach den Fall lösen!“

„Mifti, tut mir leid wenn ich dich verärgert habe. Aber es klang jetzt vielleicht harmloser als es ist; ihrer Mutter zufolge steigert sich Emma da inzwischen richtig hinein. Sie wäre deswegen sogar schon zweimal beinahe zu spät zur Schule gekommen."

„Sag mal willst du mich verarschen?", fragte Mifti und versuchte dabei sich zu beruhigen.

Dann fügte sie hinzu: „Du sagst, sie wäre 'beinahe' zu spät in der Schule aufgetaucht? Ist das dein verdammter Ernst? Meine Schule wäre einmal beinahe abgefackelt worden und vorletztes Jahr wäre ich beinahe in einem brennenden Haus draufgegangen, wenn ... oh dabei fällt mir ein, eine meiner Retterinnen damals hieß ebenfalls Emma."

„Ist ja kein allzu seltener Name", bemerkte ihr Vater.

„Mag sein. Auf jeden Fall steht das beinahe zu spät kommen in der Schule in keinem Verhältnis zu all der abgefuckten Scheiße die ich in meinem Leben durchgemacht habe", entgegnete Mifti.

„Trotzdem. Emma ist wie besessen von dem Fall und ihre Mutter macht sich schreckliche Sorgen. Sie ist praktisch süchtig nach der Aufklärung des Mordes."

„Was genau ist denn passiert?

„Na ja, sie hat wohl irgendwas über den Mord herausgefunden."

„Und was genau?"

„Weiß ich nicht."

„Was ist denn damals passiert? In dem Mordfall selbst meine ich."

„Keine Ahnung."

„Also hör mal Papa..., ich finde es ein wenig merkwürdig und vielleicht auch etwas unpassend, dass du Emmas Sucht nach der Aufklärung eines Mordes mit meinen einstigen Suchtproblemen vergleichst."

„Tut mir leid, wenn ich da etwas unsensibel war."

„Danke, mehr wollte ich gar nicht hören."

„Und? Besuchst du Mifti in Mahlow und schaust mal was du tun kannst? Ich komme auch für alle finanziellen Dinge auf; Reise, Verpflegung und so weiter. Wohnen könntest du bei Emma und ihrer Mutter; das Häuschen ist groß genug."

„Ach, ich weiß nicht..."

„Komm schon, Mifti. Oder hast du etwa etwas Besseres vor?"

Mifti überlegte. Ihre Freundin Jenna war mit ihrer Familie auf Reisen und ansonsten hatte sie zu den anderen Leuten in ihrer Umgebung kaum Kontakt. Sie konnte förmlich hören, wir ihr Vater am anderen Ende der Leitung auf ihre Antwort wartete.

„Also gut. Ich mach's", stimmte Mifti zu.

Ihr Vater bedankte sich und bereits am übernächsten Tag machte sich Mifti auf den Weg nach Mahlow.

*

Die S-Bahn vom Südkreuz fuhr Mahlow mal wieder nicht an, weswegen Emma auf den Schienenersatzverkehr warten musste. Genervt saß sie auf ihrem Koffer und beobachtete die Leute in ihrer Umgebung. Fast alle spielten auf ihren Handys herum. An einer Wand hing ein laminiertes Bild von Lenin. Über seinem grinsenden Gesicht stand „Wenn meine Revolution scheitert, dann nicht wegen der Deutschen Bahn, denn die kommt immer pünktlich". Und unter Lenins Bild hieß es: „Und das war im April, im 1917er Jahr. Im Kaiserreich, in Deutschland, als das so war".

Da kam ein Typ an, schaute auf die Fahrpläne und murmelte: „Das Schöne an den Zügen in der heutigen BRD ist; wenn man den um 14:30 Uhr verpasst, kann man immer noch den nehmen, der um 13:30 Uhr hätte kommen sollen."

Läuft dein Leben stets nach Plan, fährst du selten Deutsche Bahn, dachte Mifti und erinnerte sich daran, wie die Deutsche Bahn sich einmal in 'Die Bahn' umbenennen wollte, weil ihnen das Wort 'Deutsche' zu national war. Doch dann merkten sie, wie sehr ihr Unternehmen von allen gehasst wurde und behielten ihren Namen, damit das Wort 'Deutsche' durch sie negativ besetzt wurde.

Ans dann schließlich der Bus vom Schienenersatzverkehr kam, stand Mifti von ihrem Koffer auf, nahm das schwere Teil und wuchtete es in das Fahrzeug. Kurz darauf fuhr die Kiste los und nach einer Ewigkeit traf sie endlich in Mahlow ein. Mifti zog ihren Koffer mit Rädern hinter sich her und spazierte durch den Ort. Eine Frau mit einem Einkaufswagen voller Kürbisse kam an ihr vorbei. „Bald ist Halloween, beziehungsweise Allerheiligen; viel zu tun", murmelte die Frau an sich selbst gewandt.

Mifti schien sie gar nicht wahrzunehmen und Mifti interessierte sich auch nicht sonderlich für sie. Ihr Interesse galt anderen Dingen in Mahlow. Sie hatte beispielsweise vor ihrer Abreise dorthin im Netz gelesen, dass es in Mahlow eine Bar namens „Cheers" gab; offenbar eine Anspielung auf die gleichnamige Fernsehserie, in der eine solche Bar ebenfalls eine tragende Rolle spielte.

Während ihres Marsches durch Mahlow kam Mifti am

„Kopernikus Gymnasium" vorbei. *Ob Emma hier zur Schule gegangen ist? Wenn sie in einem Mordfall ermittelt, könnte sie klug genug für ein Gymnasium sein. Andererseits... es haben schon Leute studiert die weitaus dümmer sind als ich; also sagt der Schulabschlussstatus eigentlich nichts über jemanden aus*, überlegte Mifti.

Sie ließ das Gymnasium hinter sich, bog links ab, durchschritt kurz die „Karl-Liebknecht-Straße", dachte dabei *Sie hätten lieber eine Waldemar-Pabst-Straße machen sollen* und stand einige Minuten später vor dem Haus von Emma Fritz und ihrer Mutter. Mifti klingelte und ein paar Sekunden danach öffnete Emmas Mutter die Tür. „Hallo Mifti", begrüßte sie ihren Gast und umarmte sie.

„Hallo Tante Kazuha", begrüßte Mifti die deutsch aussehendste Frau, die man sich vorstellen kann. Blonde Haare, blaue Augen und heute sogar in einer Art brandenburgischem Trachtenkleid. Aber ihre Eltern hatten ihr den Vornamen Kazuha gegeben, weil sie große Fans von Detektiv Conan waren. Wegen ihrer vielen Reisen nach Japan hatten sie den kleinen Meisterdetektiv sogar schon vor den Massen an Fans kennengelernt, die er in Deutschland gewinnen sollte. Ihre Eltern konnten also nicht unbedingt ahnen, was sie ihrer Tochter mit dem Namen antaten. Besagte Tochter hätte im Grunde zusammen mit Mifti gut und gerne in die Namenstherapiegruppe in Irland gehen können. Immerhin hatten ihre Eltern sie nicht Ran genannt; sie hatten Angst vor den Witzen wie „Wieso lässt sie mich denn nicht ran, obwohl sie Ran heißt"; aber der Name Kazuha lud ebenfalls zu allerlei absurden Sprüchen ein;

besonders wenn man als Mitschüler wusste, dass der Name auf Kazuha Toyama aus der Mangaserie basierte. Infolgedessen wurde sie ständig in der Schule gefragt, wie es denn mit Heiji läuft und wann die beiden endlich ein Paar werden. Umso froher war Kazuha dann, als sie endlich einen Freund fand, der an ihr selbst interessiert zu sein schien. Ein paar Tage später war sie schwanger und der Typ gab damit an, dass er Heiji die Freundin ausgespannt hätte. Obwohl selbst im Teenageralter blieb sie standhaft und beschloss gegen den Willen einiger linker Lehrer und Sozialarbeiter das Kind zu bekommen und gab ihrer Tochter den ganz normalen Namen Emma. Und besagte Emma hatte die Klingel und die Begrüßung offenbar gehört, weswegen sie die Treppe hinunter geeilt kam und Mifti freundlich begrüßte. Im Anschluss führte Kazuha Mifti ein wenig im Haus herum und zeigte ihr das Gästezimmer. Dort verstaute Mifti erstmal ihren Koffer und gesellte sich im Anschluss zu Emma und ihrer Mutter in die Küche. Die Mutter hatte sich wieder an die Hausarbeit gemacht und schälte Kartoffeln. *Irgendwie ist das wie bei Akiza Izinsik. Nur umgekehrt. Die ist das japanischste Animemädchen, welches man sich vorstellen kann, und sie gaben ihr den Namen eines Polen. Und Kazuha ist die deutschste Frau die man sich denken kann und hat einen japanischen Vornamen. Na wenigstens ist sie nicht Amok gelaufen wie Akiza aus der dritten Yu-Gi-Oh-Serie*, überlegte Mifti und setzte sich an den Küchentisch.

„Und? Was gibt es so Neues bei Euch? Wir haben uns ja schon eine Ewigkeit nicht mehr gesehen", sagte Mifti als Gesprächseinstieg.

13

„Genau 3.611 Tage, 17 Stunden und 43 Minuten",
verkündete Emma.

„Tja, ich habe das Ganze jetzt nicht so genau
ausgerechnet", meinte Mifti.

„Ich dachte mir, es macht Spaß das auszurechnen",
entgegnete Emma.

„Die Emma ist ein schlaues Mädchen. Und ein gutes
Herz hat sie obendrein auch noch", fand ihre Mutter.

„Das glaube ich dir, nur sind Gut und Böse heute sehr
schwer zu definieren", wandte Mifti ein.

„Ich denke schon, dass sie ein gutes Mädchen ist. Als
ihre Mitschüler mal illegal Bier besorgt haben, hat sie
nicht mitgemacht, aber hinterher auch keinen von ihnen
verraten. Außerdem gibt sie sich große Mühe in der
Schule und bald ist sie mit ebendieser fertig und wird
bestimmt etwas ganz Tolles studieren."

„Chemie, Mama. Ich möchte Chemie studieren. Und
anschließend besorge ich mir einen guten Job in Polen.
Die dortige Industrie kann man durchaus als aufstrebend
bezeichnen."

„Das klingt toll, Emma. Es ist immer gut, Ziele im
Leben zu haben", lobte Mifti und kam sich selbst dabei
ein wenig blöd vor, weil sie persönlich keine Ziele im
Leben hatte.

„Und was hast du so vor?", wollte Emma Fritz wissen
und strich sich während ihrer Frage durch die kurzen
schwarzen Haare, die ihr bis kurz unter die Ohren
reichten.

„Ich? Ich habe im Moment eigentlich keine großen
Pläne. Derzeit erhole ich mich noch von den
Ereignissen rund um die eine Universität an der ich vor
einiger Zeit war. Ein Irrer hat sie niedergebrannt, aber

14

mir und meiner Freundin Jenna ist nichts passiert. Jenna hat dann später ihren Professor Müller geheiratet. Tja und davor war ich in Irland, aber davon wurde noch niemandem groß erzählt. Ich habe dort Sarah O'Buffy getroffen", berichtete Mifti.

„Die große Revolutionärin? Die Frau, die sich zur Königin von Irland machte, dort eine absolute Monarchie errichtete und die Bretagne und die Normandie einmarschierte?", fragte Emma interessiert.

„Ja", antwortete Mifti.

„Und wie ist sie so?"

„Eine mutige, starke, unabhängige Frau. Aber ganz anders als die Frauen, die uns Hollywood, die BBC oder das ZDF als Vorbilder verkaufen wollen. Sie liebt ihre Heimat und war und ist bereit, diese bis zum Letzten zu verteidigen. Sie wollte in Irland keine Zustände wie in Berlin oder Paris oder London haben; also zog sie mit ihren Getreuen eine Revolution durch und übernahm die Macht. Viel mehr gibt es da eigentlich nicht groß zu erzählen; für einen ganzen Roman würde es wohl nicht reichen."

„Toll. Weißt du Mifti, Emma bewundert mutige, starke und unabhängige Frauen."

Emma nickte. Und weil sowohl Mifti als auch ihre Mutter sie anschauen, beschloss das eigentlich eher schüchterne Mädchen zu sagen: „Wie könnte ich nicht? Ich wäre auch gerne mutig, aber bei allem was uns so im Fernsehen und diesen Streamingdiensten an weiblichen Vorbildern gezeigt wird, frage ich mich schon, wieso man diese Frauen für 'mutig' oder 'stark' hält? Oder für Frauen? Ich meine, wenn sie nicht einmal selbst wissen, ob sie wirklich Frauen sind..."

„Ja, wenn man sich das alles so anschaut, dann bin ich froh, dass wir nur ganz selten mal den Fernseher überhaupt einschalten", bemerkte Kazuha.

„Weißt du, wer mutig ist? Betsy Taylor aus den Vampirromanen von Mary Janice Davidson. Die Königin der Vampire; die ist tapfer. Und die Heldin in tollen Geschichten. Obwohl die Werwolfgeschichten der Autorin auch nicht zu verachten sind. Oh... und der Freund von Betsy heißt Sinclair, aber sie nennt ihn öfter gerne 'Sink leer'; ja, der Humor kommt in den Büchern nie zu kurz", fiel Emma ein.

„Und hier vor Ort? Gibt es hier große Vorbilder für dich, Emma?"

Emma schaute verlegen und entgegnete nach einigen Sekunden des Schweigens: „Meine Mutter, die mich allein groß gezogen hat."

Dabei schaute sie ihre Mutter liebevoll an. „Och, danke Emma", bedankte sich Kazuha und wurde ein wenig rot vor Verlegenheit.

„Das ist schön. Sagt mal, was tut Ihr hier in Mahlow, um Euch die Zeit zu vertreiben?", wollte Mifti nun wissen.

„Hm. Also demnächst gibt es ein Renate-Krößner-Filmfest. Dort werden einige Filme der Schauspielerin aufgeführt, die die letzten Jahre ihres Lebens in Mahlow verbrachte. Sie zeigen 'Alles auf Zucker!' und einige der 12 'Stuppe-Von Fall zu Fall'-Folgen in denen sie mitgespielt hat. Ach ja, den Film 'Küss mich, Genosse!' wollen sie ebenfalls zeigen. In der Serie 'Lindenstraße' war sie wohl auch mal dabei, aber niemand möchte dem Publikum eine Folge dieser Schundserie zumuten, auch wenn gewiss nette Menschen mitgespielt haben. Es ist eben so; auch Schauspieler können gute und anständige Leute sein und trotzdem bei ziemlichem Murks mitspielen. Man denke nur an Milla Jovovich; sehr sympathisch, aber ihre Filme sind oft eher Trash. Aber hey, zumindest für den ersten 'Resident Evil'-Film hat die gute Emma ein Herz. Magst du Mifti erzählen warum?"

„Nun, das liegt daran, dass der erste Film vor allem in Berlin gedreht wurde; zum Teil in der Nähe vom Reichstag, wo die U-Bahnstadtion namens 'Bundestag' ist. Genau genommen haben sie sogar in der Stadtion selbst gedreht und das sieht man im Film auch ein wenig. Andere Aufnahmen entstanden im Studio Berlin Adlershof und an einigen Originalschauplätzen in der Umgebung. Der damals noch unfertige U-Bahnhof Bundestag der Berliner U-Bahn-Linie U5 fungierte als Kulisse für den Zugang zum Laborkomplex Hive im Film und die markanten Säulen des U-Bahnhofs sind dort auch deutlich zu erkennen. In Potsdam wiederum wurde das Schloss Lindstedt für Szenen der Villa verwendet, wo Milla alias Alice aufwachte. Zusätzlich diente auch die Potsdamer Kaserne der Heeres-Reitschule in Krampnitz als Kulisse für den Film. Es ist also im Grunde ein deutscher Film. Bernd Eichinger war ja auch als Koproduzent dabei. Und das Schöne ist; wenn die Leute mit den Dreharbeiten fertig waren, gingen sie in der Nähe nett essen und taten das in einem Lokal, wo ich auch ein paar Mal mit meinen Schulfreunden war und einmal trafen wir die Truppe und haben uns richtig nett mit ihnen unterhalten. War total schön."

„Du magst also 'Resident Evil'. Geht mir auch so. Ich

mag die Filme und auch die meisten der Spiele. Aber auch 'Assassin's Creed' mit Kassandra ist nicht zu verachten. Ebensowenig wie 'Fallout 4' oder 'Mass Effect'. Alles gute Spiele, aber frag mich nicht wie die Fallout-Serie ist, denn die habe ich noch nicht gesehen und kann sie daher nicht beurteilen", stellte Mifti fest, nur um dann kurz darauf zu fragen: „Und was magst du sonst so?"

„Ich lese sehr gerne. Vor drei Tagen habe ich 'Jane Eyre' von Charlotte Brontë fertig gelesen und jetzt sehe ich mir andere Werke von ihr an. Vielleicht lese ich demnächst ihre Geschichte 'Der Professor'; 'Jane Eyre' war ja für die Schule, aber 'Der Professor' wäre dann nur für mich. Ich habe den Auftrag für die Schule einen Vortrag über das Buch zu halten; der Vortrag ist schon fertig."

„Das ist sehr schön", sagte Mifti, die befürchtete, dass Emma sie fragen könnte, ob sie ihn hören wollte.
Sie selbst hatte sich auch einmal an „Jane Eyre" versucht und war daran ebenso gescheitert wie vor Jahren Doug Heffernan in einer der ersten Folgen von „King of Queens". *Immerhin hatte sich das dicke Buch gut geeignet, um dahinter mit dem Handy zu spielen, während die Lehrer dachten wir würden lesen*, dachte Mifti ein wenig wehmütig an ihre Schulzeit zurück.
An Emma gewandt fragte sie als Nächstes: „Und? Hast du sonst noch Hobbys?"
Emma schien sich erst nicht so recht zu trauen mit der Sprache heraus zu rücken, doch dann verkündete sie:
„Ich ermittle derzeit in einem Mordfall, der sich vor sechseinhalb Jahren hier in Blankenfelde-Mahlow ereignet hat. Oh, halt das war eigentlich falsch. Obwohl,

amtlich war es ja schon richtig, aber moralisch sehen sich die Menschen in Mahlow als etwas ganz Eigenes und nicht so total als Teil von Blankenfelde, welches genau genommen auch etwas weiter südlich liegt. Bis zum 25. Oktober 2003 waren wir ja eine selbständige Gemeinde, auch wenn ich da noch nicht geboren war. Aber unser schönes Mahlow hat eine stolze, reichhaltige Geschichte, die ich dir gerne näherbringen möchte."

„Das kannst du gerne machen, Emma. Wenn du magst, führ mich morgen ruhig mal nach der Schule ein wenig herum und zeig mir alles. Oder so viel wie möglich."

„Gerne."

„Aber jetzt wüsste ich schon gerne ein wenig mehr über den Mordfall, in welchem du ermittelst. Damit hast du mich echt neugierig gemacht", sagte Mifti und beugte sich ein wenig über den Küchentisch in Richtung Emma vor.

Kapitel 2: Der Mord in Mahlow

Emma wirkte ein wenig überrascht durch Miftis
Interesse, aber sie begann sogleich ihrer Cousine von
dem Fall zu berichten. Und der Fall hatte es offenbar in
sich, denn Emma war schon ein wenig nervös wegen
der ganzen Sache. „Das Ganze ereignete sich vor
sechseinhalb Jahren. Also im Jahre 2020. Das Wetter
spielte schon damals immer wieder mal verrückt und
wir hatten zwei Tage hintereinander Schneefall.
Nördlich vom 'Campingplatz Am Mahlower See', oder
anders formuliert östlich vom 'Restaurant und Pension
am Mahlower See' lag damals ein Feld. Nun, genau
genommen liegt es ja noch immer dort, aber damals lag
darauf auch noch die Leiche eines etwa 32 Jahre alten
Mannes. Wie alt genau er war, konnten die Behörden
nur anhand ihrer Untersuchungen einschätzen. Er war
ein Weißer, 1,75 groß, braune Haare und ein langer,
brauner Bart. Er hatte ein paar Schriftzeichen auf der
rechten Hand; zuerst dachten die Beamten wohl, dass es
sich um eine Tätowierung handelt, aber sie merkten dem
Internet zufolge sehr bald, dass die Zeichen nur
aufgemalt waren. Mit einem Kugelschreiber
wohlgemerkt. Bis heute konnte meines Wissens nicht
geklärt werden, um was für Zeichen es sich handelte.
Der tote Mann lag jedenfalls mitten auf dem Feld im
Schnee. Zwei Gäste aus der Pension, die schon am Tag
vorher über das Feld spaziert waren, entdeckten ihn am
Tatort. Am Tag vorher hatte er noch nicht im Schnee
gelegen und der Schnee wies auch nur wenige
Fußspuren auf. Die einzigen Fußspuren, die zur Leiche

hinführten, waren die des Toten selbst und die der beiden Gäste. Die Fußspuren besagter Gäste vom Vortag waren ebenfalls noch im Schnee zu sehen, aber bestimmt zwanzig Meter weit vom Tatort entfernt. Man konnte anhand ihrer Fußspuren sehen, dass sie als sie die Leiche von weitem sahen, zuerst denselben Weg wie am Vortag gehen wollten. Nur dann sahen sie, dass da jemand liegt und liefen hin. Anschließend riefen sie einen Krankenwagen und die Polizei, denn im Rücken des Toten steckte ein Messer. Es ist mehr als seltsam. Niemand weiß bis heute, wer der Tote war. Er war kein Gast der Pension und auch kein Gast des Campingplatzes. Auch sonst war er nirgendwo in Mahlow abgestiegen. Man fand auch kein Auto oder so, welches vielleicht ihm gehörte und nun herrenlos war. Kameraaufnahmen vom Bahnhof gab es zwar schon damals, aber die zeigten ebenfalls nicht, wie er in den Ort gekommen sein könnte. Wir wissen nicht wer er ist, wir wissen nicht wo er herkam; er hatte nichts bei sich, was auf seine Identität hindeuten könnte", erklärte Emma.

„Der Fall scheint dich ja echt zu beschäftigen. Hatte der Tote denn wenigstens irgendwas dabei, mit dem man arbeiten kann?", fragte Mifti.

„Ja. Eine Tüte einer Berliner Buchhandlung, aber die hatte schon Monate vorher dicht gemacht und tausende Tüten dieser Art im Laufe der Zeit an ihre Kunden verschenkt. Außerdem gab es in dem Laden keine Kameraüberwachung, weswegen man nicht sagen kann, ob oder wann der Tote dort eventuell ein Buch eingekauft hat. Im Übrigen war die Tüte sowieso leer und in seiner Jackentasche zusammengeknüllt.

Vielleicht war er ja nie in der Buchhandlung und hat die Tüte irgendwo mitgenommen, um etwas anderes als Bücher zu transportieren. Die Buchhandlung hieß 'Myers-Woodcook'. Die Polizei hat die ehemaligen Besitzer befragt, aber die wussten nichts. Sie haben im Laufe der Jahre etliche Kunden bedient, aber zum Schluss wurden es immer weniger."

„Und hier in Mahlow hat den Toten niemand lebend gesehen?", wollte Mifti wissen.

„Angeblich nein. Unser Nachbar Clint Kowalski meinte jedoch, er hätte einen Fremden an seinem Haus vorbeigehen sehen, der dem Toten aber nur ähnlich sah. Dieser hatte einen genauso langen Bart, aber eben einen Schwarzen und das übrige Kopfhaar war ebenfalls schwarz", antwortete Emma.

„Ach ja, der gute Herr Kowalski. Ein anständiger, wenn auch manchmal etwas raubeiniger Nachbar. Er hat hier im Ort mal als Polizist gearbeitet und dann im Ruhestand diese junge Boxerin trainiert. Und als drüben bei Kleinmachnow diese Brücke am Fluss in Stand gesetzt werden musste, hat er fleißig mitgeholfen. Für sein Alter ist er ziemlich rüstig", entgegnete Emmas Mutter.

„Er hat zu seiner Zeit als Polizist auch mal in einem Mordfall ermittelt, wo sie beinahe einen Unschuldigen hingerichtet hätten. Zum Glück konnte er es gerade noch verhindern", fügte Emma hinzu.

„Also das muss dann aber schon länger her sein. In Deutschland wird seit Jahrzehnten niemand mehr hingerichtet", wusste Mifti.

„In der DDR wurde die Todesstrafe erst 1987 offiziell abgeschafft", entgegnete Emma.

„Oh. Er war also Polizist in der DDR?“, fragte Mifti.

„Ja, aber keine Sorge. Er war einer von den Anständigen. Wenn die Leute irgendwo etwas Regierungskritisches gemacht haben, hat er immer in die andere Richtung geschaut“, erklärte Emma.

„Guter Mann“, lobte Mifti.

„Könnten sich die Beamten von heute auch eine Scheibe von abschneiden“, fand Kazuha.

„Na komm Mama; die Dorfpolizisten bei uns sind doch ganz okay.“

„Schon, aber die Leute die damals für den Mordfall aus Berlin ankamen. Wie die alles an sich gerissen haben...“

„Mag sein, aber man kann doch nicht erwarten, dass Mahlow eine eigene Mordkommission hat“, fand Emma.

„Stimmt. Trotzdem hätten sie unsere Jungs mehr positiv mit einbeziehen, aber im Leute positiv mit einbeziehen ist dieser Staat ja alles andere als gut. Früher, bis zur Zeit von Helmut Kohl, haben sie die alten deutschen Adelshäuser positiv mit eingebunden und jetzt tun sie das nicht mehr. Kein Wunder, dass das Land den Bach heruntergeht“, meinte Kazuha.

„Äh... was den Mordfall angeht...“, wollte Mifti das Thema wieder aufgreifen.

„Richtig. Also; der Mordfall. Möchtest du Mifti weiter davon berichten?“, fragte Emmas Mutter.

Einmal in Fahrt gebracht war Emma natürlich darauf aus fortzufahren: „Ja, gerne. Wie gesagt, gibt es keinerlei Anhaltspunkte, wer der Typ war oder was er hier gemacht hat. Niemand hat ihn gesehen und niemand weiß woher er gekommen ist. Und bisher gibt es auch noch keine beweisbare Theorie darüber, wie er im Schnee ermordet worden sein kann, ohne dass jemand Spuren hinterlassen hat. Ich habe mir das Hirn zermartert, wie der Täter das gemacht haben könnte, bin aber nicht darauf gekommen. Eine meiner ersten Überlegungen war, dass er es gemacht haben könnte wie im ersten Band von 'Detektiv Conan', wo der Täter das Opfer selbst war. Dort brachte sich der Tote um, indem er ein Messer in einem Eisblock einfror und sich dann mit dem Rücken voran drauf fallen ließ. Das Eis zersplitterte und schmolz. Und etwas Eis wäre ja bei dem Schnee nicht weiter aufgefallen. Aber in dem Fall hätte die Polizei doch einen Abdruck vom Griff des Messers oder so auf der Erde gefunden. Außerdem, warum sollte jemand auf diese leere Fläche gehen, nur um Selbstmord zu begehen? Trotzdem zog ich diese Möglichkeit ein Stück weit in Betracht und forschte über die Geschichte des Feldes nach. Aber da war nichts; ich meine, hätte ja sein können, dass sich dort vor Jahren seine Freundin oder so umgebracht hat und er ihr nun folgen wollte, aber nein. Nichts dergleichen. Und um ein Messer, dessen Griff in einem Eisblock steckt, mit sich herumzutragen, hätte er es erstmal irgendwo drin transportieren müssen, aber er hatte nichts dabei was dafür geeignet gewesen wäre. Hätte er zum Beispiel die leere Tüte der Buchhandlung dafür benutzt, hätten sich Rückstände davon darin befinden müssen, aber soweit ich in Erfahrung bringen konnte, war da nichts. Mich treiben also viele Fragen um: Wer war der Tote? Was wollte er ausgerechnet in Mahlow? Warum wurde er umgebracht? Wie wurde er umgebracht? Und vor allem: Wer hat ihn ermordet?"

„Tja, das klingt nach einem schwierigen Fall. Hast du

sonst noch etwas herausgefunden, was helfen könnte?",
wollte Mifti wissen.

„Magst du es Ihr zeigen?", fragte Kazuha.

Emma zögerte. „Mir was zeigen?"

„Die gute Emma hat alle gesammelten Informationen
auf ein schwarzes Brett gepinnt und sich eifrig Notizen
gemacht. Meinst du, deine Cousine würde das Brett
gerne sehen?"

„Na gut", stimmte Emma ein wenig unsicher zu.

*Ich hoffe, sie hält mich beim Anblick des Bretts nicht für
verrückt. Ich bin ja nicht dumm; ich weiß, dass Mama
sich ein wenig Sorgen um mich wegen der ganzen Sache
macht*, dachte Emma, während sie aufstand und Mifti in
ihr Zimmer führte.

Dort angekommen warf Mifti einen Blick auf ein recht
großes, schwarzes Brett. Es war übersäht mit
Zeitungsausschnitten, Bindfäden die zu anderen
Punkten auf dem Brett führten und selbstgemachten
Notizzetteln. Mifti erinnerte das an die „Wand des
Wahnsinns" aus dieser Supermanserie namens
„Smallville". Sie bedauerte, dass es keine deutsche
Parodie mit Namen „Schmaldorf" darauf gab und
schaute sich die Wand etwas genauer an. In einer Ecke
gab es Artikel mit weiteren unaufgeklärten Morden.
Emma bemerkte Miftis interessierten Blick und erklärte:
„Ähm, also das sind andere Mordfälle, die bisher nicht
gelöst wurden. Sie alle passierten im eher ländlichen
Raum, aber jeweils in der Nähe einer größeren Stadt.
Und auch sie scheinen unmöglich zu sein. Da wäre ein
Mord in einem verschlossenen Raum, ein
vermeintlicher Selbstmord von einem Leuchtturm und
ein Doppelmord, der sich wieder in einem

verschlossenen Raum ereignete. Alles Fälle der vergangenen Jahre, die sich nach dem Mord in Mahlow ereigneten."

„Nur sind wir in Mahlow direkt am Tatort, während diese Fälle alle weit weg passiert sind. Wenn auch alle in Deutschland", stellte Mifti fest.

Emma nickte. „Hast du schon mit den Leuten persönlich gesprochen? Mit den Dorfpolizisten, die damals dabei waren? Oder vielleicht mit den Buchladenbesitzern in Berlin?"

Emma schüttelte den Kopf. „Warum denn nicht?"

Emma zögerte. Dann gab sie schüchtern zu: „Ich traue mich das nicht so recht."

„Und die bisher gesammelten Infos?"

„Habe ich alles übers Internet herausgefunden."

„Tja, das Problem ist nur, dass man nicht alles glauben darf, was man im Internet erfährt", meinte Mifti.

„Das gilt aber ebenso für das was einem die Leute persönlich erzählen", konterte Emma zaghaft.

„Auch wieder wahr", räumte Mifti ein und dachte kurz nach.

Dann sagte sie zu Emma: „Wie wäre es, wenn wir zusammen ermitteln? Ich begleite dich, während wir gemeinsam die Leute befragen. Deine Mutter meinte ja, die Dorfpolizisten wären ganz okay; also reden sie bestimmt mit uns. Was meinst du?"

Emma überlegte und stimmte dann mit einem „In Ordnung" zu.

Mifti lächelte. *So kann ich auch ein Auge auf sie haben, um zu sehen wie sehr sie sich in den Fall hineinsteigert. Gegebenenfalls kann ich sie dann hoffentlich auch bremsen,* dachte sie und warf wieder einen Blick auf das schwarze Brett. Während Mifti auf die „Wand des Wahnsinns" blickte, fragte Emma: „Also fangen wir mit den Dorfpolizisten an?"

„Was die Befragungen betrifft, ja. Aber ich glaube, du wolltest mich morgen nach der Schule sowieso in der Stadt herumführen. Bei der Gelegenheit können wir uns auch den Tatort ein wenig ansehen, oder?", schlug Mifti vor.

Damit war Emma einverstanden. Mifti fragte, ob sie ihre Cousine dann gleich von der Schule abholen dürfte? Im Anschluss könnte man ja irgendwo, auf Kosten von Miftis Vater, nett essen gehen. Auch hier stimmte Emma ihr zu.

*

Die Beiden schauten sich noch ein paar Minuten das schwarze Brett an und überlegten ein wenig hin und her, bevor sie wieder zu Kazuha in die Küche hinunter gingen. Dort angekommen halfen sie ihr ein wenig bei der Hausarbeit und futterten im Anschluss gemeinsam. Während des Essens erzählte Mifti noch ein wenig von Irland und berichtete ihren Verwandten wie schön die grüne Insel ist. „Wollen wir hoffen, dass sie so schön bleibt; immerhin herrscht nun Krieg", bemerkte Kazuha, nachdem Mifti mit ihrer Erzählung über die Landschaft und die örtliche Tierwelt fertig war.

„Na ja, bisher hat es kein französischer Bomber dorthin geschafft und außerdem ist Frankreichs Präsident alles andere als ein guter Feldherr", entgegnete Mifti.

„Da hast du wohl recht", stimmte ihr Emma zu und erklärte: „Die Schlacht von Rennes in der Bretagne hat er haushoch verloren. 30.000 französische Soldaten wurden gefangen genommen, noch bevor es zum Kampf kam. Also war es streng genommen gar keine Schlacht. Aber man fragt sich schon, wie sie darauf hereinfallen konnten, dass ihnen am Tag vor der Schlacht scheinbare Unterstützer aus der Bevölkerung kostenlose Froschschenkel zu essen gaben? Erstens hätten sie die gar nicht annehmen dürfen, sondern sich auf die eigenen Vorräte verlassen müssen und zweitens wussten sie doch, dass auch zuvor ausgewanderte Franzosen auf Seiten von Sarah O'Buffy kämpfen. Und das Ergebnis: 30.000 betäubte Franzosen, die dann mit Klebeband gefesselt am nächsten Tag auf Schiffen aufwachten, die sie nach Irland brachten. Ihre Waffen waren sie auch los; die wurden an buffytreue Loyalisten vor Ort verteilt und davon gibt es in der Bretagne nicht gerade Wenige. Ich habe das Vorgehen analysiert. O'Buffy ist darum bemüht, die eigenen Verluste gering zu halten, aber sie möchte auch kein Blutbad unter ihren Gegnern anrichten, während Frankreichs Präsident keine Rücksicht nimmt und seine Soldaten sinnlose Attacken durchführen lässt. So hatte er dann zwar kurzzeitig Teile der Normandie zurück erobert, aber dann wurden seine Truppen plötzlich eingekesselt und mussten sich nach einem kurzen Gefecht ergeben. Und dann wurde das zuvor eroberte Gebiet wieder von O'Buffy zurück erobert. Aus strategischer Sicht ist dieser ganze Krieg durchaus interessant; traurig nur, dass dabei echte Menschen sterben."
Mifti und Kazuha nickten. Da man daran aber nichts

ändern konnte, aßen sie erstmal weiter. Später setzten sich die drei Frauen vor den Fernseher und schauten sich zwei Folgen von „Bob's Burger" an; einer relativ netten, manchmal absurden Serie rund um einen hart arbeitenden Restaurantbesitzer und seine Familie. „Am interessantesten sind fast immer die Abenteuer der Kinder. Erinnert mich an meine eigene Kindheit, wie die hätte sein können, wenn sie gut gewesen wäre", meinte Kazuha.

„Ach Mama; immerhin hast du mir eine sehr Schöne beschehrt", entgegnete Kazuha und legte ihrer Mutter liebevoll eine Hand auf die Schulter.

„Danke dir. Lieb von dir", sagte die Mutter und freute sich sichtlich über die Worte ihrer Tochter.

Sie schauten die Serie rund um die fünfköpfige Familie und in der zweiten Folge am heutigen Abend zogen die Kinder einen Coup in einem Zug durch. Passenderweise hieß die Folge auf Deutsch „Die Kinder rauben einen Zug aus". In der Folge unternahm die ganze Familie einen Ausflug mit dem Zug, aber die Kinder mussten wegen dummer Regeln der Fahrtbetreiber in einem gesonderten Wagen unterkommen und das Personal war auch dermaßen unhöflich zu ihnen, dass sie beschlossen dem Unternehmen einen ganzen Haufen Schokolade zu klauen. Das Gaunerstück gelang und die Kinder erbeuteten haufenweise Schokolade.

Am Ende der Folge fragte Emma: „Also soll uns diese Folge lehren, dass es okay ist zu klauen?"

„Wenn die Leute gemein zu einem sind und ihre Macht missbrauchen um Schwächere zu unterdrücken; tja, na ja. Gegen die Macht der Großen hilft oftmals nur die List der Kleinen", antwortete Kazuha.

„Ja, aber nun ist 'Bob's Burger' zu Ende. Was wollen wir jetzt schauen?", fragte Emma.

Kazuha blickte Mifti fragend an. Dann sagte sie: „Du bist der Gast. Magst du entscheiden? Das würde mich freuen."

„Okay... mal überlegen..."

Mifti dachte nach. Dann fiel ihr ein, dass es da einen guten Film auf youtube gab. Sie schlug, passend zu ihrer Zusammenarbeit mit Emma, den Film „Mord an der Themse" vor. Der Krimi mit Christopher Plummer und Donald Sutherland war zu Emmas und Kazuhas Überraschung ein Sherlock-Holmes-Film. Mifti erwähnte kurz, dass auch sie überrascht gewesen war: „Vor einigen Jahren lief der Film auf Tele5. Davor kam ein Holmes-Film mit Stewart Granger als Holmes; 'Der Hund von Baskerville'. Wurde ja etliche Male verfilmt. Aber danach eben 'Mord an der Themse'; ein eher wenig über den Inhalt verratender Titel. Zumal es um den Kampf Sherlock Holmes gegen Jack the Ripper geht."

Den Film schauten sich die drei Frauen natürlich an, auch wenn Mifti das Ende bereits kannte. Und der Inhalt hatte es in sich. Im London des Schicksalsjahres 1888 passieren in Whitechapel innerhalb kurzer Zeit zwei Prostituiertenmorde. Die armen Frauen wurden brutal ermordet und verstümmelt. Dem nach Einsendung anonymer Bekennerbriefe „Jack the Ripper" genannten Killer ist bisher immer rechtzeitig die Flucht vom Tatort geglückt und wie so ziemlich immer tappt die Polizei im Dunkeln. Auch der neue Polizeichef, ein gewisser Sir Charles Warren, scheint nicht sonderlich an einer raschen Lösung der von ihm als „Dirnenmorde" bezeichneten Taten interessiert zu sein. Erst als innerhalb einer Nacht gleich zwei Opfer aufgefunden werden, beginnt immerhin der berühmte Privatdetektiv Sherlock Holmes sich näher mit dem brutalen Fall zu befassen. Zusammen mit seinem Freund und Mitstreiter Dr. John Watson begibt sich Holmes zum Tatort und erkennt als erstes, dass die Tote nicht an derselben Stelle ermordet worden war, an der man sie schließlich gefunden hat. Zudem fallen ihm auch noch Weintraubenstiele in der Hand der Toten auf. Der Mörder muss demnach wohlhabend sein, sodass er sich den Luxus dieses damals doch sehr teuren Obstes leisten kann und außerdem muss er wohl in einer Kutsche unterwegs sein, um die Frauen ungestört ermorden und im Anschluss irgendwo anders abladen zu können. In einer Seitengasse nahe des Tatortes gibt der ebenfalls anwesende Sir Charles, sehr zum Entsetzen des ermittelnden Inspektors Lestrade, die Anweisung ein Kreiden-Graffito, das besagt „The Juwes are not The men That Will be Blamed for nothing", abzuwaschen, vorgeblich um antisemitische Ausschreitungen und Übergriffe zu vermeiden. Holmes aber erkennt einen gänzlich anderen Sinn in der Inschrift. In seinem Büro konfrontiert er Sir Charles mit mystisch anmutenden Handgesten, die sich als Geheimgruß gehobener Mitglieder des Bundes der Freimaurer, denen der Polizeichef angehört, herausstellen. Der berühmte Meisterdetektiv hat erkannt, dass die Inschrift sich nicht gegen Juden richtet, sondern eine Anspielung auf Jubela, Jubelo und Jubelum, die Mörder des Gründers der Freimaurer ist. Diesen wurden wegen ihrer Tat die Kehlen und Bäuche aufgeschlitzt und ihre Innereien über ihre Schultern geworfen. Jack the Ripper, dessen

Opfer auf ähnliche Art und Weise verstümmelt wurden, ist dem zufolge wohl ein Freimaurer, der von seinen mächtigen Ordensbrüdern beschützt wird. Die Ermittlungen des Meisterdetektives führen ihn über mehrere Umwege zum Hellseher Robert Lees, der sich sicher ist, den Ripper, nachdem er in einer Vision sein Gesicht gesehen hat, auf offener Straße wiedererkannt zu haben. Ihm zufolge ist der Killer zu einer jungen Prostituierten namens Mary Kelly gegangen. Die Spur führt also zu Mary Kelly. Die verängstigte Frau erzählt dann auch von einer Gemeinsamkeit, die sie mit den bisherigen vier Opfern verbindet. Sie alle waren Zeuginnen der Heirat einer Freundin namens Annie Crook mit einem attraktiven jungen Mann, den alle nur Eddie nannten. Annie und der Mann haben auch ein gemeinsames Kind bekommen. Kurze Zeit später war Eddie jedoch plötzlich untergetaucht und wenig später waren auch Annie und ihre Tochter spurlos verschwunden. Holmes findet die arme Annie Crook schließlich außerhalb der Stadt in einer Anstalt für angebliche Geistesgestörte. Sie behauptet dem Detektiv gegenüber, sie wäre mit einem Prinzen verheiratet, der sie in Kürze abholen käme. Holmes fängt infolgedessen an, die Zusammenhänge zu verstehen. Annie bildet sich das nicht ein; sie hat, ohne seine wahre Identität zu erahnen, Prinz Albert Victor, den Enkel und Thronerben der Königin Victoria in einer katholischen Zeremonie geheiratet und mit ihm ein Kind gezeugt. Ein Kind, welches nun einen legitimen Anspruch auf die britische Krone hat. Sherlock Holmes erkennt, dass Jack the Ripper ein Gesandter ist und offenbar den Auftrag hat, diesen ungeheuren Skandal, der das gesamte britische

Empire ins Chaos stürzen könnte, zu vertuschen und alle Zeugen aus dem Weg zu räumen. Während seiner Rückkehr nach London bemerkt der Meisterdetektiv, dass er überwacht worden ist, seit er angefangen hat sich mit dem Fall zu befassen. Damit hat er auch den Mörder direkt auf Mary Kellys Fährte geführt. Zusammen mit Dr. Watson gelingt es ihm, Marys Quartier ausfindig zu machen. Als sie in das kleine Zimmer kommen, offenbart sich ihnen jedoch leider schon ein Blutbad. Zwei in dunkle Mäntel gehüllte Männer beugen sich über die arme, in Stücke gerissene Tote. Der ältere der beiden steht offensichtlich unter Schock und hat den Verstand verloren, während der andere rasch die Flucht ergreift. Nach einer Verfolgungsjagd durch die nächtlichen Straßen kann Holmes den Flüchtigen im Londoner Hafen stellen, wo dieser sich durch einen unglücklichen Zufall selbst erdrosselt. Einige Tage später trifft sich Holmes mit Premierminister Lord Salisbury, Innenminister Matthews und dem inzwischen als Polizeichef zurückgetretenen Sir Charles Warren. Der Detektiv wirft den drei Männern, die alle Freimaurer sind, vor, diese schreckliche Mordserie angezettelt zu haben, in der Furcht, dass die arme Annie Crook, die sich nach Holmes Besuch in der Anstalt das Leben genommen hat, hinter das Geheimnis ihres Mannes kommen könnte und eventuell auf die Idee käme, für ihr Kind den Thron in Anspruch zu nehmen. Nachdem der Ripper, der angesehene Arzt Sir Thomas Spivey, ebenfalls ein Freimaurer, über seine Taten restlos den Verstand verloren hat und nun keines klaren Gedankens mehr fähig ist, sein Kutscher und Helfer William Slade tot ist und alle Zeuginnen der katholischen Hochzeit beseitigt worden sind, ist Holmes der letzte lebende Mitwisser. Er verspricht allerdings den drei mächtigen Männern über diesen bis ins Königshaus reichenden Skandal zu schweigen, solange Annie Crooks Tochter kein Schaden zugefügt wird. Es folgte ein Abspann, der bis zum Schluss abgewartet wurde, doch 1979 war es zum Glück noch nicht üblich dauernd bei fast jedem Film Szenen nach dem Abspann zu bringen.

*

Als der Film fertig war, unterhielten sich Emma, Mifti und Kazuha ein wenig über den mit mehr als zwei Stunden doch recht langen Film. „Auf jeden Fall eine spannende Geschichte, aber ich bezweifele das es tatsächlich so war", meinte Emma.

„Könnte aber gut sein. Diese Geheimbünde sind Organisationen, denen man durchaus mit Misstrauen begegnen sollte", fand Mifti.

„Schon, aber ich habe gehört, dass nachdem die Morde in England endeten, in den USA eine ähnliche Mordserie anfing. Manche Leute gehen davon aus, dass der Ripper ein Matrose war, der erst in England und später in Amerika sein Unwesen trieb. Aber das ist heutzutage natürlich schwer zu überprüfen. Es gibt zahlreiche Theorien, wer der Ripper gewesen sein könnte", erklärte Emma.

„Wer käme denn so alles infrage?", wollte Mifti wissen, während Emmas Mutter dachte: *Vielleicht ist es ein*

Fehler gewesen, sich den Film anzusehen. Jetzt steht Emma noch mehr auf Kriminalfälle. Dabei mache ich mir ganz schöne Sorgen, weil sie sich so in den Fall hineinsteigert. Andererseits... wenn sie sich mit einem anderen, mehr als 100 Jahre zurück liegenden Fall befasst, splittert sich ihr übertriebenes Interesse vielleicht in zwei Teile. Ich habe ihr das Befassen mit solchen Fällen bisher ja nicht verboten, weil ich Sorge habe, dass ein Verbot das Gegenteil bewirken könnte... Stattdessen bin ich einfach für sie da, aber vielleicht sollte ich mich, wenn Emma schlafen geht, ein wenig mit Mifti absprechen...

Emma begann zu erklären: „Oh mein Gott, wo fange ich da an? Es wurde ja so ziemlich jeder verdächtigt. Die Polizei hat sich Kogoro-Mori-mäßig vorgenommen praktisch alles und jeden zu beschuldigen. Es gibt etliche Theorien. Sogar der Mathematiker und Dichter Lewis Carroll, dem wir 'Alice im Wunderland' und irgendwie auch 'Alice im Zombieland' alias 'Resident Evil' verdanken, wurde verdächtigt. Die Gemeinsamkeiten zwischen der Wunderlandgeschichte und den Horrorfilmen dürften offensichtlich sein...“ Mifti nickte und Emma fuhr fort: „Also es wurden zahlreiche Leute verdächtigt. Ein Typ namens Montague John Druitt wurde auch verdächtigt. Er war dem Netz zufolge ein 31-jähriger Anwalt und Lehrer. Offenbar galt er als homosexuell, womit er für die heutigen Ermittler als Tatverdächtiger weitgehend ausgeschlossen wird. Nun, ich würde ihn deswegen nicht ausschließen; vielleicht hasste er ja Frauen oder wünschte sich eine Frau zu sein und tötete sie deswegen; aber es ist nicht an mir das zu beurteilen.

Dazu bin ich nicht tief genug in der Materie drinnen und ich will ihn hier nicht beschuldigen, wenn er es nicht war; auch wenn er schon lange tot ist. Im Dezember 1888 beging nämlich er Selbstmord und sein Leichnam wurde in der Themse gefunden; etwas was schon irgendwie verdächtig ist, denn nach seinem Tod endete die Mordserie in London."

„Aber in Amerika passierten ähnliche Morde", merkte Mifti an.

„Ja. Wie erwähnt kam es dazu, aber ähnliche Morde müssen ja nicht denselben Täter haben. Das gilt für die Morde damals und auch für die unaufgeklärten Fälle von heute, die ich oben aufgelistet habe", meinte Emma.

„Nur wer könnte es gewesen sein?", fragte Mifti.

„Wie gesagt, ein Berg an Verdächtigen. Der schwedische Journalist Christer Holmgren ging in einer Sendung über den Ripper davon aus, dass der Täter ein gewisser Charles Allen Lechmere gewesen sein muss. Ihm zufolge nannte er sich auch Charles Allen Cross. Holmgren hat offenbar mehr als 30 Jahre lang am Ripper-Fall geforscht", erklärte Emma.

Oh Gott. Hoffentlich beschäftigt sich Emma nicht auch 30 Jahre lang mit dem Mord in Mahlow, hoffte ihre Mutter.

„Der Schwede erklärte zu seiner Theorie, dass Lechmere in der Gegend der Morde wohnte und die Tatorte entweder auf seinem direkten Weg zur Arbeit in einem Schlachthof in der Broad Street oder in der Nähe des Hauses seiner Mutter lagen, die er ab und an besuchte. Außerdem könnte ihm dem Schweden zufolge seine Tätigkeit als Fleischverkäufer geholfen haben eine plausible Erklärung für Blutflecken an seiner Kleidung bei der Hand zu haben. Bei der Auffindung der Leiche von Mary Ann Nichols war Lechmere laut den Polizeiakten unter dem Namen Charles Cross als Erster angeblich anwesend. Holmgren zufolge war er aber zuvor etwa neun Minuten mit dem Opfer allein am Tatort und habe während dieser Zeit die Tat begangen. Er sei dann seiner Meinung nach von einem Passanten überrascht worden, dem er mitteilte, gerade eben die Tote entdeckt zu haben. Zur Tatzeit im Jahr 1888 war Lechmere nie als Tatverdächtiger angesehen worden... Nur frage ich mich halt, warum er dann mit den Morden hätte aufhören sollen? Er lebte doch noch bis 1920. Serienmörder hören eigentlich nicht einfach so auf zu morden; es sei denn sie gehen drauf. Oder wandern aus und morden dann woanders weiter; dann morden sie nicht mehr in London, sondern eben zum Beispiel in den USA. Außerdem erinnere ich mich gut an die Doku; sie lief damals auf ZDFneo oder ZDFinfo...“

„Spricht nicht gerade für die Sendung. Noch schlimmer wäre es wohl, wenn die Sender auch noch geholfen hätten den Kram mit zu produzieren“, fand Mifti.

„Ich hasse die GEZ“, sagten Emma und ihre Mutter daraufhin gleichzeitig.

Mifti lachte und fügte hinzu: „Ich auch.“

Um wieder auf das Thema zurück zu kommen, setzte Emma nach: „Es gab auch Theorien, laut denen der Ripper eine Frau sein sollte; die Ehefrau eines Mannes, der gerne zu den leichten Mädchen ging. Wie gesagt; ein Berg von potentiellen Verdächtigen.“

„Na die müssen wir ja heute nicht alle durchgehen. Wir befassen uns schließlich morgen mit unserem ganz eigenen Mordfall, der hier in Mahlow passierte“, meinte

Mifti und gähnte.

„Richtig", stimmte ihr Emma zu und sagte dann: „Aber nun ist es schon spät und ich muss langsam schlafen gehen. Gute Nacht Ihr beiden."

Emma umarmte ihre Mutter und gab ihr einen Gute-Nacht-Kuss, den diese liebevoll erwiderte. Dann ging sie nach oben ins Bett und schlief recht schnell ein.

Kazuha wandte sich kurz darauf an Mifti und begann mit ihr bezüglich ihrer Tochter zu sprechen: „Also Mifti, wie sieht dein Plan aus? Wie möchtest du meine Tochter von dem Fall losbekommen?"

„Tja, ich denke dafür gibt es nur eine sinnvolle Lösung."

„Und welche, Mifti?"

„Sie muss den Fall lösen. Und wenn ihr das nicht gelingt, sind wir eben für sie da und trösten sie. Aber während sie den Fall löst, begleite ich sie und bringe sie ab und an auf andere Gedanken, damit sie sich nicht zu sehr hineinsteigert."

„Aber was ist, wenn sie sich durch die Lösung des Falls motiviert fühlt, weitere Fälle aufzuklären?", wollte Emmas Mutter wissen.

„Na ja, dann klärt sie immer weiter Fälle auf, jede Menge Mörder bekommen was sie verdienen und vielleicht haben wir dann in Deutschland bald wieder einen funktionierenden Rechtsstaat."

„Oder aber einer der Mörder tötet sie."

„Na komm; gibt es denn so viele Mordfälle in Mahlow, in denen sie ermitteln könnte?"

„Nein, meines Wissens nur den einen."

„Na siehst du. Und später will sie ja in Polen arbeiten. Wie viele unaufgeklärte Mordfälle gibt es denn in

Polen?"

„In Oberschlesien wurde vor zwölf Jahren der deutschstämmige Bürgermeister von Deschowitz ermordet. Ein gewisser Dieter Przewdzing. Der Fall wurde bisher auch noch nicht aufgeklärt."

„Komisch, davon höre ich heute zum ersten Mal, aber ich habe mich die letzten Jahre über auch nicht wirklich mit der realen Welt befasst", meinte Mifti.

„Die Medien in Deutschland haben ohnehin kaum darüber berichtet; vermutlich weil sich der Mann für die deutsche Minderheit in Polen eingesetzt hat. Wenn sich ein Politiker für die indigenen Deutschen engagiert, interessieren sich die Systemmedien nicht für seine Ermordung. Wäre er hingegen Teil eines antideutschen Kartells gewesen, würden sie ein gigantisches Theater machen."

„Na gut, aber das ist eine politische Tat und Emma weiß von ihr noch nichts. Wenn sie es durch Zufall erfährt, ermittelt und den Fall löst, wäre es nicht das Schlechteste. Aber sie riskiert dabei natürlich einiges; denn wer weiß, wer der oder die Täter sind? Vielleicht mächtige Leute, bei denen man vorsichtig sein muss. Aber hier machen wir uns Sorgen um ungelegte Eier; ich finde zwar das Emma schlau ist, aber ob sie einen Mordfall klären kann, muss sich ja erst noch zeigen. Ich schaue mir mal morgen zusammen mit ihr den Tatort an und dann sehen wir weiter."

„Okay. Mach das. Ich gehe jetzt auch langsam schlafen", entschied Kazuha.

Mifti wünschte ihr eine gute Nacht und nachdem Kazuha auf ihr Zimmer gegangen war, legte auch sie sich hin.

*

Am nächsten Vormittag wachte Mifti auf und ging
erstmal runter in die Küche. Emmas Mutter saß im
Wohnzimmer und schaute sich auf dem Fernseher ein
youtube-Video an. Sie rief Mifti zu, dass auf dem Tisch
ein paar belegte Brote standen, woraufhin Mifti sich
bedankte, die Brote futterte, etwas Milch trank und sich
im Anschluss zu Kazuha gesellte. Dann fragte sie diese,
wann genau Emma Schulschluss hatte und begab sich
einige Zeit später zur Schule ihrer jüngeren Cousine.
Dort wartete sie vor dem Eingang und als Emma das
Gebäude kurz nach Schulschluss verließ, winkte Mifti
ihr zu. Emma kam ihr entgegen, begrüßte sie und
begann dann sie durch das schöne Mahlow zu führen.
Sie spazierten durch die Straßen des Ortes und Emma
erzählte ihr von Mahlows Geschichte. Als erstes wollte
Mifti wissen, wo der Name „Mahlow" eigentlich her
kam? Emma erklärte ihr daraufhin: „Einige Leute
meinen, dass sich der Name 'Mahlow' aus dem
Slawischen ableitet und in etwa so viel wie 'Ort eines
Mal' bedeutet; also soll er nach einer Person mit dem
Namen 'Mal' benannt worden sein. Die deutsche
Archivarin und Historikerin Lieselott Enders geht in
ihrem 'Historischen Ortslexikon für Brandenburg, Teil
IV: Teltow' davon aus, dass der Ort 1280 als 'zu Malow',
1287 als 'villa Malow' und damit deutlich früher als
Blankenfelde entstanden ist."
„Und wie lange genau soll es ihn geben?"

„Weißt du, die Heimatstadt von meiner Mutter und mir gibt es schon sehr lange. Wie lange genau, weiß meine Wenigkeit leider ebenfalls nicht. Das ist aber auch kein Wunder; man weiß wegen der langen Zeit natürlich nicht mehr alles so genau, aber es muss so ungefähr in der Zeit vor dem Jahr 1280 gewesen sein, als er entstand. Damals soll Mahlow der Familie von Fahrland gehört haben, die ihn 1287 an das Benediktinerinnenkloster Spandau weitergab. Im Landbuch Karls IV. aus dem Jahr 1375 erschien Malow, Malo als Angerdorf mit einer Größe von 53 Hufen. 'Hufe' war damals die in vielen Gegenden gängige Maßeinheit. Ein 'Hufe' war eine bewirtschaftete Fläche. Dem Pfarrer standen in dieser Zeit offenbar drei abgabenfreie Pfarrhufen zur Verfügung und es gab eine Kirchhufe. Um das Jahr 1375 war unser Dorf im Besitz der Familie Aschersleben, welche die Ober- und Untergerichtsbarkeit besaß und in dieser Zeit auch die markgräfliche Bede sowie Abgaben einer Windmühle erhielt."

„Okay, aber was ist eine 'Bede'?", wollte Mifti wissen.

„Also eine 'Bede' ist mehr oder weniger eine erbetene, damals wohl freiwillig geleistete Abgabe an den Grundherrn, aus der sich mitunter eine regelmäßig erhobene, auch landesherrliche Steuer entwickelte."

„Steuern also. Hm. Wenn ich in der Zeit zurückreisen und die 'Bede' verhindern könnte, könnte ich wohl auch die heutigen Steuern verhindern", murmelte Mifti, die ja selbst eigentlich gar keine Steuern zahlte.

„In dem Fall könntest du auch in die Vergangenheit reisen und herausfinden, wer der Mörder ist. Oder sogar den Mord verhindern", meinte Emma.

„Ja, schön wenn das ginge. Aber erzähl mir ruhig weiter von Mahlow."

Das tat Emma sehr gerne und fuhr fort: „Also: Der Markgraf hatte sich die Einkünfte aus den Wagendiensten beibehalten. Als Lehen hatten vom Markgraf seit alters her auch die nachfolgenden Personen Ansprüche aus dem Ort: der Bürger Nikolaus Sünde aus Berlin, der Bürger Bartolomeus in Mittenwalde, der Bürger Schaum aus Cölln, der Bürger Reiche in Berlin, der Bürger Helmsuwer in Berlin, H. Beschorn, die Frau des Bürgers Arnold Swasen in Berlin als Witwengut von Aschersleben, die Nonnen aus dem Benediktinerinnenkloster Spandau, pfandweise Dominus Planow von der Liepe, der Bürger Beelitz in Cölln von Aschersleben sowie der Bürger Rüter in Berlin."

„Ist dieser Dominus Planow von der Lippe vielleicht ein Vorfahre von Jürgen von der Lippe?", fragte Mifti.

„Nein, denn er hieß von der Liepe und nicht von der Lippe. Aber sei's drum; ich erwähnte ihn ohnehin nur der Vollständigkeit halber. Kommen wir wieder zur Geschichte des Ortes zurück. Vor 1427 übernahm die Familie Hebicher das Dorf mit Ober- und Untergericht, das Kirchenpatronat sowie Dienste und Abgaben. Von 1440 bis nach 1452 war der Hausvogt Friedrichs II., der Küchenmeister Ulrich Zeuschel mit Frau für den Ort verantwortlich. Anschließend kam Mahlow vor 1541 in den Besitz der Familie Flans zu Altglienicke und Großmachnow. Es war zu dieser Zeit nach wie vor 49 Hufen groß; hinzu kamen die drei Pfarrhufen und die eine Kirchhufe. Zu dieser Zeit hatte der Pfarrer nach wie vor drei Hufen und erhielt Abgaben vom Krüger sowie von drei Bauern sowie 49 Scheffel Scheffelkorn von 49 Hufen. Die Kirchhufe wurde außerdem von der Gemeinde bestellt. Weil aber die Familie Flans pleite ging, wurde der Ort geteilt. Eine Hälfte gelangte um 1621 zusammen mit dem Gut Großmachnow an Conrad von Burgsdorff. Er erhielt 21,5 Hufen, vier freigewilligte Hufen mit Diensten, Abgaben und Hebungen von der Windmühle. Hinzu kam die Hälfte des Ober- und Untergerichts sowie des Kirchenpatronats. Die andere Hälfte gelangte 1624 an den Grafen von Lynar. Er erhielt die andere Hälfte des Ober- und Untergerichts, die Zaungerichtsbarkeit auf den eigenen Höfen, den Schulzen mit vier freien und zwei Pachthufen, den Fünfhufner, die beiden Vierhufner, sowie einen halben Dreihufner. Die andere Hälfte des Hofes gehörte zu Großmachnow. Hinzu kamen sechs Bauern- und zwei Kötterdienste sowie Pächte und Abgaben. In dieser Zeit der Teilung bestand das Dorf aus 11 Hufner, drei Köttern, einem Hirten sowie einem Laufschmied. Es war 45 Hufen groß, davon ein Hof mit vier Hufen, der Hans Flans 1621 freigewilligt wurde. Den 30jährigen Krieg überlebten lediglich vier Bauern mit einem Stiefsohn sowie zwei Knechten. Der Anteil aus dem Gut Großmachnow gelangte 1677 an Friedrich I., der es durch das Amt Köpenick verwalten ließ. Den zweiten Teil bekam sein Sohn, Friedrich Wilhelm I. im Jahr 1724 von Senior des Domstifts zu Brandenburg. Im Jahr 1704 gab es ein Vorwerk Mahlow, welches aus einer Meiereiwohnung, einer Scheune und einer Stallung bestanden hat. Das Vorwerk entstand aus fünf wüsten Bauerngütern, hatte vier freie Schulzenhufe sowie 16,5 kontribuale Hufen.

Dann ging es aufwärts; kein Wunder, der Krieg war ja vorbei und die Menschen pflanzten sich auch wieder besser fort."

„Täte ihnen heute auch ganz gut", meinte Mifti.

„Nur wenige Jahre später, nämlich 1711 bestand Mahlow aus fünf Giebeln, also fünf Wohnhäusern, dem Laufschmied und dem Hirten. Die Bewohner zahlten für 41 Hufen jeweils acht Groschen Abgaben. 1729 war der gesamte Ort im Besitz des Amtes Köpenick. Zur damaligen Zeit bestand unser Mahlow aus sechs Bauern, einen Kötter, einer Windmühle sowie dem Vorwerk, ebenso im Jahr 1745. 1754 berichteten Dokumente, dass das Vorwerk damals angeblich mittlerweile schlecht geworden sei, allerdings gleichzeitig für die Aufsiedlung von vier Bauern und zwei Köttern geeignet wäre."

„Ähm... und was sind 'Kötter'?", fragte Mifti.

„Das sind... oder waren im Grunde waren Dorfbewohner, die einen Kotten oder besser gesagt eine Kate besaßen. Und mit 'Kate' meinte man einzelne einfache Wohnhäuser oder einzelne Werkstätten in oder abseits der dörflichen Gemeinschaft. Eine Kate ist gleichzeitig die Bezeichnung für ein kleines bäuerliches Gehöft, welches aus der Teilung eines landwirtschaftlichen Vollhofs, also einer Hufe hervorgegangen ist. 1756 war der Schulze wiederbesetzt, mittlerweile mit 4,5 Hufen. Du solltest wissen... ein Schulze, das war ein mittelalterliches Amt; vielleicht hast du schon mal den Begriff 'Dorfschulze' gehört. So eine Art Vorläufer des Dorfpolizist, der manchmal auch als Richter fungierte. Nun, aber das zeigte immerhin das so ein Job nötig war, weil das Dorf wieder größer wurde. Aber eine eigene Schmiede gab es damals nach wie vor nicht und bei Bedarf kam ein Laufschmied aus dem noch heute nördlich von uns gelegenen Marienfelde in den Ort. 1771 war ein weiteres Gebäude hinzugekommen und das war offenbar eine Schmiede. Jedenfalls steht es so im Internet. Die Abgaben blieben konstant bei acht Groschen. 1792, also in dem Jahr in dem Leopold II, der Kaiser des Heiligen Römischen Reiches deutscher Nation, der ein großer Reformer war, starb, wurde das Vorwerk in Mahlow vom Amt vererbpachtet und als Erbzinsgut weitergeführt. Die Rechte gingen ab 1794 an die Familie Müller, die ihren Wohnsitz im Ort nahm."

Mifti rauchte von ann den Informationen schon der Kopf. Emma schien das zu merken und machte es etwas kürzer: „Zusammengefasst lässt sich sagen, dass der Ort weiter wuchs und 1875 eröffnete bei uns der erste Bahnhof mit einem Anschluss an die Bahnstrecke Berlin–Dresden sowie an die Königlich Preußische Militär-Eisenbahn. Damals kamen die Züge übrigens pünktlich und ich schätze mal 'Schienenersatzverkehr' war für die Leute in dieser Zeit ein Fremdwort."

Da musste Mifti lachen. Emma fuhr fort: „1931 gab es in Mahlow bereits 170 Wohnhäuser, aber alles änderte sich 1945. Die Roten haben viele Leute enteignet, Land umverteilt und wollten sogar das alte Gutshaus abreißen. Die Gemeinde konnte aber die neuen Machthaber davon überzeugen, dass das Gebäude als Berufsschule genutzt werden kann und so kam es dann eben, dass so bis ins Jahr 1960 genutzt wurde. Inzwischen befindet sich das Gutshaus in Privatbesitz. Tja, aber bleiben wir bei Mahlow im Ganzen. Trotz der schrecklichen Verluste an Menschenleben im zweiten Weltkrieg ist Mahlow auch nach dem Krieg weiter gewachsen. Gewiss weil die Überlebenschancen im schrecklichen Hungerwinter 1945 auf dem Lande etwas besser waren als in Großstädten. 1939 hatten wir 2.563 Einwohner und 1946 waren es 2.654. Inzwischen sind es über 13.000; als das letzte Mal nachgezählt wurde waren es soweit ich mich entsinne 13.828. Das ist aber schon sechs Jahre her. Ah, sieh mal, da ist die Dorfkirche."

Emma zeigte auf eine schöne, jahrhundertealte Kirche. „Sie entstand in der zweiten Hälfte des 13. Jahrhunderts. Innen gibt es einen Kanzelaltar, der aus einem geschweiften Kanzelkorb besteht, welcher mit Wangen aus Voluten verziert ist. Darüber befindet sich ein fünfseitiger Schalldeckel, der mit einer Strahlensonne und dem Monogramm F und R verziert ist. Diese Buchstaben stehen für Fridericus Rex und erinnert an Friedrich den Großen. Willst du mal hineingehen und es dir ansehen?"

Mifti nickte. Also führte Emma sie in die Kirche und sie schauten sich das schöne Gotteshaus von innen an.

„Zauberhaft", stellte Mifti fest, als sie kurze Zeit später wieder hinausgingen.

Dann führte Emma sie weiter durch den Ort. „Tja, sonst gibt es nicht viel zu erzählen. Ich glaube von der Schauspielerin Renate Krößner hat Mama dir gestern schon erzählt."

„Ja, das Filmfest. Eine schöne Idee", fand Mifti.

„Nun, Mahlow ist ein eher ruhiger Ort. Wäre da nicht dieser Mord..."

Emma führte Mifti weiter durch die Gegend. Nebenbei erwähnte sie noch kurz, dass es einen „Golfclub Mahlow e.V." gab und das sie ab und an gerne ins „Restaurant Akropolis" essen ging. „Das Gyros schmeckt dort ziemlich gut", lobte Emma, während sie durch die Gegend schlenderten.

Irgendwann landeten sie dann auf der Teltower Straße, die zweimal in eine Straße namens Teltower Berge und einmal in eine andere Teltower Straße abbog. Die beiden jungen Frauen gingen jedoch immer weiter in Richtung Westen, bis sie nördlich von sich an dem

„Restaurant und Pension am Mahlower See" und kurz darauf südlich von sich am Campingplatz vorbei kamen. Emma nannte Mifti nochmal die Namen der Unterbringungsmöglichkeiten und erklärte, dass sie gleich am Tatort sein würden. Mifti konnte durch die Bäume weder die Pension noch einen See sehen. „Und wo ist der See?", wollte sie von Emma wissen.

„Direkt neben der Pension. Man sieht ihn durch die Bäume natürlich nicht, aber vertrau mir; er ist da."

Kurz darauf standen sie vor dem Feld, auf dem man damals den Toten gefunden hatte. Natürlich lag heute kein Schnee auf dem Feld; es war leer. Wenn man von einigen Bäumen absah. „Weißt du noch, wo genau der Tote gelegen hat?"

„Ich denke, ich kann die Stelle finden. Dürfte nicht schwer sein, zumal die Gemeinde einen Gedenkstein für den unbekannten Toten dort hat hinlegen lassen", sagte Emma und führte Mifti über das weite Feld.

Ein paar Minuten später standen sie dort und sahen sich um. „Weißt du, es ist gut das wir hergekommen sind. So können wir ein Gefühl für das Ganze kriegen. Können sehen, was der Tote womöglich zuletzt gesehen hat", meinte Mifti.

„Viel wird er in der dunklen Nacht wohl nicht gesehen haben", schätzte Emma.

„Das befürchte ich auch."

„Aber seltsam ist es schon. Der Täter hat keine Spuren im Schnee hinterlassen, aber sein Opfer hätte ihn doch zumindest hören müssen, wenn er im Schnee auf ihn zugestapft wäre, oder?"

„War der Tote vielleicht schwerhörig?"

„Nicht das ich wüsste. Jedenfalls stand davon nichts in

48

den Medienberichten, die ich gelesen habe", antwortete Emma.

„Vielleicht waren sie Freunde und gingen zusammen spazieren. Und dann stach er ihn plötzlich von hinten ab", mutmaßte Mifti.

„Oder aber er tötete sein Opfer und lief dann denselben Weg zurück, während er eine große Tüte oder einen Sack voll Schnee dabei hatte. Mit dem Schnee bedeckte er dann nach und nach seine Fußspuren. Ach nein, streich das! Wozu hätte er das tun sollen? Das hätte unnötig lange gedauert und jede Minute barg das Risiko doch noch zufällig in dieser menschenleeren Gegend erwischt zu werden. Selbst wenn das Risiko an sich minimal ist; warum hätte der Täter riskieren sollen, erwischt zu werden, nur um Spuren zu verwischen, die im Grunde völlig egal sind, weil den Toten ohnehin niemand kannte?"

„Er könnte ihn natürlich auch woanders umgebracht haben... und dann brachte er ihn mit einem Hubschrauber hierher."

„In dem Fall wäre der Hubschrauber aber entweder zu hören oder zumindest auf dem Radar zu sehen gewesen. Das kann es also vermutlich auch nicht sein", wies Emma Miftis Theorie ab.

„Und wenn er ein mittelalterliches Katapult benutzt und den Toten auf das Feld geschleudert hat?"

„Ach Mifti. In dem Fall hätte sich der Tote nachträglich jede Menge Knochen gebrochen. Außerdem steht fest, dass es sich hier eindeutig um den Tatort handelt. Schon wegen der Menge des eingesickerten Blutes. Und wäre der Tote mit einem Katapult über das Feld geschossen worden, wäre auch anderswo auf dem Feld Blut im

Schnee gewesen. Zudem wäre ein Auto mit einem Katapult im Schlepptau bestimmt irgendwem aufgefallen."

„Vielleicht nicht mitten in der Nacht. Und wenn es keiner gesehen und die Polizei das anderswo gelandete Blut übersehen hat, weil es nur ganz wenig war?", fragte Mifti.

„Gut, aber selbst dann; warum sollte jemand sich so viel Mühe machen, um in aller Öffentlichkeit eine Leiche abzuladen, die sowieso keiner identifizieren kann? Warum hat der Täter den Toten dann nicht einfach gleich verschwinden lassen? Nicht unbedingt im See bei der Pension aber in irgend einem anderen, größeren See in Brandenburg. Ich meine, bis zum Großen Müggelsee sind es nur 26,9 Kilometer. Das ist mit dem Auto in 42 Minuten zu schaffen. Und bis dort mal einer die Leiche aus dem See herausfischt; das hätte gedauert. Nein, ich glaube er hat ihn hier auf dem Feld ermordet und ist dann abgehauen. Wie er die Spuren verwischt hat, weiß ich noch nicht."

„Nur... vielleicht war er es ja auch gar nicht. Es hat zwar nicht geschneit, aber womöglich hat der Wind die Spuren mit dem bereits vorhandenen Schnee zugeweht", fiel Mifti ein.

„Dann wären aber die Spuren der Spaziergänger vom Tag davor auch zugeweht worden. Und die des Toten. Die waren aber alle noch da", gab Emma zu bedenken.

„Ach ja, stimmt. Mist. Das ist wirklich eine schwer zu knackende Nuss. Blöd das Sherlock Holmes nicht da ist. Aber ich habe eine Idee", sagte Mifti und holte ihr Handy hervor.

Dann befragte sie mit ihrem Handy eine Online-KI.

„Wie kann man Spuren im Schnee verwischen?", lautete die Frage.
Die KI antwortete:

Um Spuren im Schnee zu verwischen, gibt es mehrere Methoden, die je nach Situation variieren. Hier sind ein paar Möglichkeiten:

1. *Schnee verstreuen: Du kannst zusätzlichen Schnee über die vorhandenen Spuren streuen, um sie zu verdecken und zu verwischen.*
2. *Mit einem Besen oder Schaufel glätten: Verwende einen Besen oder eine Schaufel, um die Spuren im Schnee zu glätten und zu verwischen.*
3. *Schuhabdrücke wegfegen: Wenn es sich um Fußspuren handelt, kannst du versuchen, sie vorsichtig mit einem Besen wegzufegen.*
4. *Mit warmem Wasser: Vorsicht, diese Methode funktioniert nur bei bestimmten Schneeverhältnissen und Temperaturen. Du könntest warmes Wasser über die Spuren gießen, um sie zu verwischen.*

Es ist wichtig, behutsam und respektvoll mit der Natur umzugehen, während du die Spuren im Schnee beseitigst.

Mifti zeigte Emma die Antworten. „Eine an sich gute Idee, nur hilft uns das auch nicht weiter. Und ganz ehrlich... der politisch überkorrekte Hinweis auf den Umgang mit der Natur wäre unnötig gewesen; ich finde KI sollte uns informieren und nicht belehren. Aber egal. Fakt ist: Auch mit einem Besen hätte er zu lange gebraucht und wäre ein viel zu großes Risiko eingegangen, doch noch erwischt zu werden. Und das mit dem 'Schnee verstreuen' hatten wir schon besprochen. Und im Falle von Wasser hätten die Beamten entsprechendes Eis gefunden; bei der Kälte wäre es gewiss eingefroren."

„Schade."

„Na ja, diese ganzen Online-KIs sind ohnehin nicht der Weisheit letzter Schluss. Aber gut. Ich schätze, wir müssen den Fall ohnehin anders angehen und wie du gestern schon wolltest dann demnächst mal echte Menschen befragen."

Bei diesen Worten aus ihrem eigenen Mund schien Emma ein wenig unwohl zu sein. Mit Mifti ging sie recht normal um, aber sie waren ja auch verwandt. Mit anderen, nicht-verwandten Leuten zu reden schien Emma nicht so recht zu begeistern. Jedenfalls war das Miftis Eindruck.

Die beiden Frauen schauten sich noch ein wenig um und Mifti bemerkte wie schön es auf dem Feld war und wie herrlich man den Blick schweifen lassen konnte. *Es gibt wirklich schlimmere Orte zum Sterben*, dachte sie. Dann begab sie sich mit Emma wieder auf den Weg nach Hause zu Kazuha. Auf dem Rückweg nahmen sie noch etwas zu essen vom Griechen im „Restaurant Akropolis" mit; selbstverständlich auf Kosten von Miftis Vater, dem sie ihre hiesige Mission verdankte. Eine Mission, über die sie sich bis jetzt wahrlich nicht beklagen konnte, was sie sehr freute.

*

Als sie wieder daheim waren, freute sich Kazuha sehr über das Essen und gemeinsam nahmen sie es am Küchentisch zu sich. Später wurden die Pläne für die nächsten Tage besprochen. Morgen wollten sie mal bei den Dorfpolizisten vorbei schauen und ein paar Fragen stellen und Emma wollte noch heute zusehen, dass sie die Buchhandlung, deren Tüte in der Tasche des Toten gefunden wurde, kontaktierte. Oder besser gesagt die ehemaligen Besitzer, denn den Laden gab es ja nun nicht mehr.

Nach dem Essen ging Emmas Mutter in den Garten und arbeitete dort ein wenig. Es musste etwas Unkraut beseitigt werden. Emma und Mifti boten ihre Hilfe an, aber Kazuha winkte ab. Also machte es sich Emma mit einem Buch gemütlich und las „Aufstand des Geistes", welches von mehreren Autoren zusammengestellt worden war und bei dem aber nur der Name Daniel Bigalke auf dem Cover stand. Da das Buch gerade einmal 100 Seiten dick war, hatte Emma es sehr schnell durchgelesen und nahm sich anschließend „Der Anschlag" von Johannes Schüller und Erik Latz vor, in dem es um Josef Kneifel ging, der versucht hatte in der DDR eine Revolution auszulösen, indem er ein kommunistisches Panzerdenkmal in die Luft jagte. Mifti spielte währenddessen in Emmas Nähe im Wohnzimmer mit ihrem Handy herum. Als sie kurz einen Blick auf das in Emmas Händen befindliche Buch „Der Anschlag" warf und dann zu dem auf dem Tisch liegenden „Aufstand des Geistes"-Werk schaute, stellte sie fest: „Oh. Das sind ja Bücher aus derselben Reihe."

„Ja. Haben beide 100 Seiten und stammen von der 'Blauen Narzisse'. Hat Mama sich vor Jahren übers Internet bestellt. Sie hat alle zwölf Bände der Reihe namens 'BN-Anstoß'. Leider haben die nach Band Zwölf nicht weiter gemacht.“

„Und wieso hast du erst Band Acht gelesen und nimmst dir jetzt Band Drei vor?“, fragte Mifti interessiert.

„Ach, es ist eigentlich egal in welcher Reinfolge ich sie lese; gelese habe ich sie alle schon mehrmals und man kann sie immer wieder lesen.“

„Ach so. Darf ich?“, fragte Mifti und griff nach „Aufstand des Geistes“.

„Klar.“

Während Mifti mit der einen Hand ihr Handy weg legte, nahm sie mit der anderen das Buch und begann ebenfalls zu lesen.

So verbrachten sie den Abend, sahen später noch ein wenig Fern und gingen dann schlafen.

Kapitel 3: Zeugenbefragung

Am nächsten Tag holte Mifti Emma wieder von der Schule ab. Gemeinsam suchten sie die Dorfpolizisten auf, um sie sozusagen als Zeugen zu befragen. „Also auf zur Zeugenbefragung", sagte Mifti auf dem Weg dorthin.

„Nun, genau genommen sind sie ja keine Zeugen; sie haben die Tat schließlich nicht beobachtet. Aber vielleicht können sie uns etwas mitteilen, was uns irgendwie weiter hilft", hoffte Emma.

„Schauen wir mal. Einen Versuch ist es wert", fand Mifit.

So spazierten sie gemeinsam durch das beschaulich-schöne Mahlow und genossen den angenehm kühlen Herbstnachmittag. Als sie wenig später bei den Beamten eintrafen, wurden sie sehr freundlich empfangen *So einen netten Empfang habe ich bei der Polizei in der Großstadt nur selten erlebt*, dachte Mifti, während Emma etwas zögerlich ihr Anliegen vortrug.

Die Polizisten berichteten ihr alles, was sie wussten, aber sie sagten Emma und Mifti damit leider nichts Neues. Denn alles was sie ihnen erzählten, war bereits über die Medien bekannt. Dann fiel Emma etwas ein: „Was ist mit den seltsamen Schriftzeichen auf der Hand des Toten? Die wurden zwar in den Medien erwähnt, aber nicht abgedruckt."

„Das wurde damals aus ermittlungstaktischen Gründen unterlassen. Die Genies aus Berlin dachten, es wäre besser diese Zeichen geheim zu halten, da sie ja vom Täter auf der Leiche hinterlassen worden sein könnten und es somit eventuell Täterwissen ist. Tja, gebracht hat es nichts, denn bisher wurde der Mörder ja noch immer nicht geschnappt", erklärte einer der Dorfpolizisten.

„Aber der Fall ist seit über sechs Jahren unaufgeklärt. Wäre es da nicht an der Zeit, die Zeichen zu veröffentlichen; vielleicht ... ich meine, wenn man sie im Fernsehen oder so zeigt ... na ja, dann könnte doch eventuell ein Zuschauer entschlüsseln was für Zeichen es sind", meinte Emma.

„Das würde wohl sogar Sinn machen. Nur wieso sind die Kollegen in Berlin nicht darauf gekommen?", fragte der Beamte.

„Weil in Berlin nichts einen Sinn macht", beantwortete einer seiner Kollegen die Frage.

Emma überlegte. Sie wollte etwas fragen, schien sich aber nicht so recht zu trauen. Mifti merkte das, legte ihr eine Hand auf die Schulter und ermutigte sie durch diese Geste zu fragen: „Könnten wir die Zeichen vielleicht mal sehen?"

„Na ja, du wirst den Mord ja wohl kaum begangen haben. Zum Tatzeitpunkt warst du wie alt? Zehn, Elf? Wenn du versprichst es nicht an die große Glocke zu hängen, zeige ich dir ein Foto der Zeichen. Aber behaltet das für Euch; eigentlich dürfen wir das nicht. Doch vielleicht kommt Ihr ja in dem Fall weiter als die Kollegen aus Berlin."

„Okay, wir behalten die Zeichen für uns", versprach Emma.

Der höfliche Beamte ging an seinen Laptop und suchte das Foto mit den Zeichen heraus. Emma schaute es sich an und zeichnete die Zeichen auf einem Blatt Papier ab. Im Anschluss sprachen sie noch ein wenig über den

Fall, aber mehr gab es hier eigentlich nicht herauszufinden. Höflich verabschiedete man sich von einander und Emma ging mit Mifti wieder nach Hause.

*

Daheim angekommen schauten sich Emma und Mifti die Zeichen an. Sie saßen zusammen am Küchentisch und starrten auf das Blatt. Aber das brachte sie natürlich nicht weiter. Emma forschte daraufhin ein wenig im Netz nach Geheimcodes, fand aber irgendwie auch nichts Brauchbares. Schließlich kam ihre Mutter dazu und warf auch mal einen Blick auf die Zeichnung. „Eigentlich hatten wir den Beamten versprochen, die Zeichen für uns zu behalten", protestierte Emma ein wenig kleinlaut.

„Du hast sie mir ja auch nicht gezeigt; ich habe einfach draufgeschaut", entgegnete ihre Mutter.

„Hm. Irgendwie kommen sie mir bekannt vor...", überlegte Kazuha.

„Ah! Ich hab's. Und eigentlich müsstest du sie auch kennen, Emma", verkündete ihre Mutter und lief in den Keller.

Emma und Mifti folgten ihr. Im Keller standen noch weitere Bücherregale und auch mehrere Hefte mit Geschichten von Don Rosa. Dieser hatte zahlreiche Donald- und Dagobert-Duck-Geschichten gemacht. Kazuha suchte ein wenig und holte schließlich das Heft mit der Geschichte „Ein Brief von daheim" hervor. „Aber warum müsste ich die Geschichten kennen?", fragte Emma.

„Na hast du hier unten nicht immer alles sauber gehalten und dabei gelesen?"

„Nein. Du hattest mich doch zum sauber machen hinunter geschickt und nicht zum lesen", entgegnete Emma.

„Na wie auch immer. Jedenfalls hier sind die Zeichen", verkündete Emmas Mutter und zeigte die auf einer Seite abgebildeten Symbole.

Es handelte sich um einen Geheimcode der Tempelritter. Innerhalb weniger Sekunden war das Rätsel gelöst; die Zeichen auf der Hand des Toten bedeuteten „Einlass". Als sie wieder oben zusammen saßen, fragte Emma: „Nur warum ist darauf bisher keiner gekommen?

58

Die Tempelritter sind ja eigentlich recht bekannt und zumindest die Polizei in Berlin müsste doch Leute haben, die sich mit Geheimcodes auskennen. Und das hier ist gar kein so unbekannter Geheimcode. Ich meine, er steht in einer Dagobert-Duck-Geschichte und..." Emma holte ihr Handy hervor und schaute kurz nach „... sogar im Internet. Wieso haben die Beamten in Berlin ihn nicht geknackt?"

„Ich fürchte, das ist eine Frage, die dir nur die Polizei in Berlin beantworten könnte. Vielleicht waren sie überlastet; in Berlin passiert doch ständig etwas. Morde, Vergewaltigungen, Schießereien, Überfälle, Messerangriffe. Und natürlich muss die Polizei auch regelmäßig Jagd auf all diejenigen machen, welche diese Zustände und die dafür verantwortlichen Leute scharf kritisieren. Oppositionellenjagd wird in der heutigen BRD ganz groß geschrieben; besonders in den Großstädten, wo die Zustände richtig übel und die Regierungskritiker deswegen umso lauter sind. Deswegen wohne ich ja auch nicht da; ich wäre sonst bei jedem von mir dort gesichteten Polizeieinsatz in der Versuchung, zu rufen: 'Na! Mal wieder auf der Jagd nach Regierungskritikern?! Da bleibt wohl keine Zeit für die Drogendealer, was?!' Und dann die ständige Überwachung... zum Kotzen", meinte Emmas Mutter.

„Stimmt. Und ich habe mal gelesen, dass es dort durchschnittlich sieben Demos am Tag gibt. Die müssen natürlich alle von der Polizei begleitet werden", fiel Emma ein.

„Außerdem ... es kann ja auch gut sein, dass sie es herausgefunden haben, es ihnen aber auch nicht viel nützte und sie die Kollegen hier in Mahlow einfach

nicht darüber informiert haben", gab Mifti zu bedenken.
„Richtig. Das könnte auch sein", stimmte Kazuha Miftis
Vermutung zu.

„Also mögen die Polizisten in Berlin die in Mahlow
nicht", stellte Emma ein wenig geknickt fest, denn sie
mochte die Beamten vor Ort.

„Zumindest scheint man sie in der großen Stadt nicht
ernst zu nehmen. Na ja, daran können wir auch nichts
ändern", bemerkte Kazuha.

„Vielleicht zumindest ein bisschen. Immerhin wissen
wir jetzt, wie der Geheimcode lautet. Wir könnten die
Beamten bei uns informieren und die könnten in Berlin
bescheid sagen. Dann hätten sie sich nützlich gemacht
und ihre Wichtigkeit gezeigt", sagte Emma.

Doch im nächsten Moment fiel ihr ein: „Moment. Das
geht ja nicht; denn dann wüssten die Leute in Berlin ja,
dass die Polizisten hier vor Ort den Geheimcode an eine
Außenstehende weitergegeben haben und würden Ärger
bekommen."

„Vielleicht sagen wir ihnen einfach, wie der
Geheimcode lautet und raten ihnen so zu tun, als hätten
sie das herausgefunden. 'Kommissar Zufall' hat ihnen
eben geholfen; einer von ihnen befasste sich
hobbymäßig mit den Tempelrittern und fand es so
heraus. Was meint ihr?", fragte Mifti.

„Wir sollen lügen?", fragte Emma, der etwas unwohl
dabei war.

„Na ja..., wenn wir nicht lügen und die Leute in Berlin
haben den Geheimcode tatsächlich noch nicht geknackt,
enthalten wir ihnen vielleicht wertvolle Informationen
vor und das wäre wohl nicht so gut. Wobei wir den Wert
dieser Infos ja noch nicht abschätzen können. Wir

müssen ja im Grunde nicht mal selbst lügen; das Lügen übernehmen die Beamten hier bei uns. Um ihre Jobs zu behalten und ich denke mal in diesem Fall ist so eine kleine Notlüge nicht schlimm", fand Kazuha.

Mifti war einverstanden und nach einem kurzen Zögern stimmte auch Emma zu. Dann rief man bei den Beamten in Mahlow an und informierte sie über die Bedeutung des Geheimcodes. Man gab ihnen noch den Rat, den Beitrag der Außenstehenden auf die besprochene Weise geheim zu halten und verabschiedete sich freundlich am Telefon. Dann wurde überlegt, was es mit der Tatsache auf sich hatte, dass der Tote einen Templercode auf der Hand gehabt hatte. „Hat Mahlow irgendwelche historischen Verbindungen zu den Tempelrittern?", fragte Mifti.

„Na ja, es gab mal eine Videothek, in der 'Das Vermächtnis der Tempelritter' auf DVD verkauft wurde", erinnerte sich Kazuha.

„Die Videothek hat aber schon Jahre vor dem Mord dicht gemacht und das obwohl dort auch Essen und Getränke verkauft wurden. Außerdem kommt in diesem Film mit Nicolas Cage der Geheimcode gar nicht vor; stattdessen geht es um ganz andere Rätsel", fiel Emma ein.

„Das timmt natürlich", entgegnete Kazuha nach kurzem Nachdenken.

„Fällt Euch sonst etwas ein? Was könnten die Templer mit Mahlow zu tun haben?", fragte Mifti.

Den anderen beiden Frauen fiel nichts ein, also suchte Emma ein wenig im Netz herum. Sie fand natürlich nichts, aber durch Zufall stieß sie auf die Information, dass der Templerorden weiter nördlich in Tempelhof-

Schöneberg, also in Berlin eine Rolle gespielt hatte. „In Berlin lag doch auch die Buchhandlung", stellte Mifti fest.

„Dann sollten wir nach Berlin fahren und uns dort umsehen. Ich schreibe noch heute die ehemaligen Besitzer der Buchhandlung an. Vielleicht wollen sie sich ja mal mit uns treffen; auch wenn ich das lieber per Mail erledigen würde. Aber bezüglich der Templer können wir uns in Tempelhof etwas umschauen; offenbar hat der Bezirk seinen Namen ja von ihnen. Es steht dort auch eine Kirche, die mal ihnen gehörte. Vielleicht finden wir dort weitere Informationen", hoffte Emma.

„Aber passt gut auf euch auf, wenn Ihr euch in Berlin umseht. Die Stadt ist alles andere als sicher. Es wäre mir lieb, wenn Ihr früh los fahrt und vor der Dunkelheit wieder in Mahlow ankommt", bat die Mutter.

„Kein Problem Mama. Das kriegen wir schon hin", versprach Emma.

*

Ein paar Tage später war es dann soweit. Die ehemaligen Besitzer der Buchhandlung hatten sich per Mail zurück gemeldet und trafen sich mit Emma und Mifti in Berlin. Passenderweise im Bezirk Schöneberg in der Kaiser-Wilhelm-Passage, womit sie nicht allzu weit von Tempelhof entfernt waren. Man futterte gemeinsam ein paar Würstchen und unterhielt sich dann auf einer nahegelegenen Bank über die Buchhandlung. Dafür hatten Emma und Mifti genügend Zeit, denn die

Schule fiel in nächster Zeit für Emma sowieso aus, weil es einen Wasserrohrbruch im Gebäude gegeben hatte; tja und Mifti hatte ohnehin nichts Anderes zu tun. Also konnte man sich lang und breit mit den netten Leuten unterhalten.

Leider konnten die beiden einstigen Besitzer Emma und Mifti auch nicht weiterhelfen. Spontan fragte Mifti, was sie denn so alles für Bücher in der Buchhandlung hatten? Die eine Frau zählte die Regale auf; es hatte Krimis, Si-Fi-Romane, Sachbücher, Historisches und vieles mehr gegeben. Daraufhin fragte Emma: „Historisches. Gab es da auch was über die Tempelritter?"

Mifit beobachtete ganz genau die Reaktion der Händlerin, aber diese war ganz normal. „Ja, sicher. Da wird etwas drunter gewesen sein. Wir hatten auch eine Abteilung, die sich mit 'Verschwörungstheorien' auseinandersetzte. Da gab es dann Sachbücher über die Templer. Und über die Freimaurer, bei denen man davon ausgeht, dass es sich um die Nachfolger der Templer handelt. Auch über die Rosenkreuzer hatten wir etwas und natürlich über 9/11."

„Schon seltsam das man immer von 9/11 spricht, obwohl es der 11. September warm also eigentlich der 11.09. Warum stattdessen 9/11, also nine-eleven?", fragte Mifti.

„Weiß ich auch nicht?", antwortete die Händlerin.

„Vielleicht weil es leichter von der Zunge geht und so noch besser im Gedächtnis bleibt. In den USA ist der Notruf die 911, während er bei uns 110 lautet. Nun hat jeder Amerikaner immer den Anschlag vor Augen, wenn er 911 wählt", mutmaßte Emma.

„Tja, das kann natürlich gut sein", entgegnete Mifti.
„Auf alle Fälle danke für Ihre Hilfe", bedankte sich
Emma, woraufhin sich die Händler verabschiedeten und
wieder ihrer Wege gingen.
Anschließend machten sich Emma und Mifti auf den
Weg nach Tempelhof.

*

Auf dem Weg dorthin berichtete Emma ihrer Cousine
von der Geschichte der Templer in Tempelhof: „Es war
um das Jahr 1200, als die Templer in der Gegend des
heutigen Berlin Einfluss gewannen. Einfach
ausgedrückt waren sie die Bosse der 'Komturei
Tempelhof'. Das war eine Kommende, also eine Art
Niederlassung des Templerordens auf dem Teltow im
südlichen Vorfeld Berlins, bei dessen Gründung sie die
Templer eine wichtige Rolle spielten. Dieser
Machtbereich umfasste die Dörfer Tempelhof,
Mariendorf und Marienfelde sowie einen Hof im
späteren Rixdorf und ein Vorwerk in Treptow. Der
Mittelpunkt dieser Kommende war der burgartige
Komturhof in Tempelhof, in dessen Mitte die
Komtureikirche stand, die zugleich als Dorfkirche
diente und soweit ich weiß bis heute als Dorfkirche
Tempelhof trotz starker Kriegsbeschädigungen erhalten
geblieben ist. Wir sehen sie uns später mal an. Nach der
Auflösung des Templerordens 1312 wurde die Komturei
Tempelhof 1318 den Johannitern übertragen, welche
dann die Besitzrechte im Jahre 1435 an die Städte

Berlin-Cölln verkauften, aber weiterhin die Lehnshoheit behielten. Erst nach der Säkularisation der Orden durch das Oktoberedikt von 1810 geriet der Besitzkomplex in uneingeschränkt privaten Grundbesitz. Das Hauptgebäude des 1598 in ein Rittergut umgewandelten Komturhofs diente nach 1863 bis zum Abriss um 1890 als Ortsamtsgebäude von Tempelhof."

„Also gibt es das Hauptgebäude gar nicht mehr? Schade. Dann könnten wir es uns also auch nicht ansehen, um eventuell weitere Spuren zu finden."

„Ich bezweifele ehrlich gesagt auch, dass wir bei der Kirche, so schön sie im Internet auch aussieht und so hübsch sie gewiss in echt ist, irgendwelche Spuren finden die uns weiterhelfen. Es ist nur zu merkwürdig für einen Zufall. Da wird eine Leiche gefunden, welche den Geheimcode der Templer auf der Hand hat. Nur ein Stück weiter nördlich liegt ein Bezirk, der von den Templern praktisch erschaffen wurde. Und in derselben Stadt gab es eine Buchhandlung, die Bücher unter anderem über Templer und Freimaurer verkauft hat. Und eine leere Tüte der Buchhandlung befand sich in der Tasche des Toten."

„Glaubst du etwa an eine Verschwörung der Templer, Emma?"

„Nein. Die Templer selbst gibt es ja meines Wissens nicht mehr. Aber ihre Nachfolger, die Freimaurer sind nach wie vor vorhanden."

„Vielleicht hätten wir uns 'Mord an der Themse' doch nicht ansehen sollen", überlegte Mifti, die für einen Augenblick glaubte, die gute Emma könnte dadurch auf die Idee mit den Freimaurern gekommen sein.

„Ach was. Das hat doch nichts mit dem Film zu tun. Ich

ziehe nur die Möglichkeit in Betracht, dass hinter dem Ganzen irgendwelche Freimaurer stecken könnten. Vielleicht hat sich der unbekannte Tote ja bei einer geheimen Veranstaltung der Freimaurer eingeschlichen, sich dafür das Wort 'Einlass' in deren Geheimcode auf die Hand geschrieben, wurde erwischt, ist abgehauen und dann haben sie ihn eingeholt und umgelegt."

„Das will ich nicht voll und ganz ausschließen. Möglich ist alles", entgegnete Mifti.

„Ich frage mich auch, warum die Templer ausgerechnet hierher kamen? Ja, im Netz war die Rede davon, dass ihnen im Rahmen des hochmittelalterlichen Landesausbaus der Deutschen Ostsiedlung auf dem mittleren Hohen Teltow ungefähr um 1200, spätestens 1210, in einem bis dahin weitgehend unbesiedelten Waldgebiet ein Besitzkomplex von rund 200 Hufen geschenkt wurde. Aber komisch ist es schon. Ich hatte einen Blick auf die Besitzungen der Templer geworfen. Also ihre Besitzungen in der damaligen Zeit. Da gab es ein bisschen was in Spanien, ein bisschen was in Portugal, ein wenig in Italien, eine Niederlassung auf Zypern, ein paar in Irland und dann eben ganz viele in England und Frankreich. Besonders in Frankreich, wo der französische König schließlich den Templern auch ein Ende bereitete, gab es sehr viele Besitztümer des Ordens... Und um die Aufzählung zu beenden; es gab schlussendlich sehr wenige in Deutschland und dann eben die eine Einzige genau in dieser Gegend, wo heute Tempelhof liegt. Gut, wenn man weiter nach Osten blickt, gab es noch ein paar; aber warum ausgerechnet hier? Gewiss, heute ist Berlin eine Millionenstadt und ein Stück Land hier ist heute viel wert. Aber damals?

Damals lag das doch im Grunde mitten in der Pampa. Warum also gerade hier?", überlegte Emma.

„Vielleicht weil sie es geschenkt bekamen und gratis nimmt man eben fast alles. Einem geschenkten Gaul schaut man nicht ins Maul", meinte Mifti.

„Der Spruch basiert auf dem alten Troja und dem Pferd. Einem Pferd, dem die Trojaner besser sehr wohl ins Maul hätten schauen sollen. In dem Fall hätten sie den Krieg nämlich mit ziemlicher Sicherheit gewonnen, denn die alten Griechen hatten nach jahrelangem Kampf auch nicht mehr so wirklich Bock und wären, wenn der Pferdetrick gescheitert wäre, gewiss entnervt abgezogen", schätzte Emma.

„Gut möglich. Aber wie ist das mit den Templern? Die sind ja nicht ab- sondern hergezogen. Und ich denke mal sie taten es, weil sie mit kostenlosem Land gelockt wurden."

„Gut, das könnte sein. In die USA hat man auch neue Siedler gelockt, indem man ihnen versprach, dass sie Land geschenkt bekommen. Wir können auch schlecht ins Jahr 1200 zurückreisen und überprüfen, warum genau den Templern ausgerechnet dieses Gebiet geschenkt wurde. Zeitreisen... man, wenn das möglich wäre. Was könnte man da alles für Abenteuer erleben? Ein wundervoller, unerreichbarer Traum. Aber egal; Berlin jedenfalls wurde erst im Jahre 1244 urkundlich das erste Mal erwähnt. Das heißt natürlich nicht, dass es damals noch nicht da war. Man weiß es halt nicht genau. Ich denke mal du hast recht; sie haben es geschenkt bekommen, also haben sie es genommen und sich dann eben hier angesiedelt. Im Grunde wurde also Berlin von den Templern mit gegründet nehme ich an... Nur was konkret hat der Mensch davon, sich praktisch im Nirgendwo anzusiedeln. Gut, er bekam das Land geschenkt, aber reich waren die Templer ja bereits..."

„Was vermutest du, könnte sonst möglicherweise dahinter stecken?", wollte Mifti wissen, während sie der alten Dorfkirche von Tempelhof immer näher kamen.

„Ich weiß nicht genau. Ich kann hier nur spekulieren. Vielleicht war es anderswo so unangenehm, dass manch einer froh war sich dort anzusiedeln, wo wenig Leute waren. Aber seit wann ist es für reiche Leute, und reich waren die Templer, unangenehm? Die können sich ihre Wohnsitze doch bei all der Knete aussuchen, oder? Warum sollte jemand der wohnen kann wo er will, ausgerechnet in die Gegend von Berlin ziehen? Ist wirklich nur kostenloses Land der Grund?"

„Tja... ich nehme an, die Gegend von Berlin war vor 800 Jahren noch nicht so unangenehm und überfüllt wie heute", schätzte Mifti.

Emma nickte zustimmend und dachte weiter nach, während sie sich der Tempelhofer Dorfkirche nährten. Sie war zwar von weitem noch nicht zu sehen, aber man konnte immerhin schon das Wasser des nahegelegenen Sees riechen. Schließlich sahen Emma und Mifti zwei davon fliegende Enten und dann war auch schon die Kirche in Sichtweite. Emma hatte lange überlegt, was sonst noch ein Motiv für die Ansiedlung in dieser Gegend gewesen sein könnte. Sie war zu dem Schluss gekommen, dass „die Templer wahrscheinlich einfach nur ihren Einflussbereich ausbauen wollten und sich ihnen hier eine kostenlose Möglichkeit dafür geboten hatte. Ja, so dürfte es gewesen sein. Ach schau mal, da ist ja schon die Kirche. Ist sie nicht schön?"

Mifti nickte.

Als sie der Kirche näherkamen, verteilte jemand gerade ein paar schöne Postkarten. Mifti und Emma nahmen sich jeweils eine. Auf ihr war auf der Vorderseite ein Bild der alten Dorfkirche zusammen mit dem damals noch erhaltenen Gutsschloss abgebildet. Das Bild stammte von 1739 und war damit gemeinfrei. „Ein sehr schönes Bild, aber warum verteilen Sie es hier?", wollte Mifti von dem jungen Mann wissen.

„Weil die Dorfkirche ein Stück unserer Tempelhofer Geschichte und Kultur ist und die Leute ruhig etwas mehr über sie erfahren könnten", lautete die Antwort in sehr freundlichem Ton.

Auf der Rückseite befanden sich dann auch, neben einem freien Feld für die Briefmarke und ein paar Linien für die Empfängeradresse ein paar Eckdaten zur Geschichte der Kirche. Aber diese Dinge waren Mifti ja inzwischen bekannt, da Emma ihr davon erzählt hatte.

Trotzdem freuten sich beide Frauen über die schönen Postkarten. Sie steckten die Karten ein, bedankten sich noch bei dem jungen Mann und gingen zur Dorfkirche. Sie gelangten problemlos auf das Gelände und schauten sich um. An manchen Stellen, wenn die Bäume ein wenig die Sicht verdeckten, konnte man glauben man befände sich noch im Mittelalter; ein Zeitalter, welches weitaus weniger finster war, als man uns heute glauben machen möchte.

Emma und Mifti wanderten über den kleinen zur Kirche gehörenden Friedhof. Doch alles was sie an Informationen über die Templer herausfanden, war ein Templerkreuz. Sie schauten sich mit ihren neuzeitlichen Handys noch ein wenig im Netz um. Emma fand dabei heraus, dass spätestens seit 1945 auf dem Friedhof eigentlich nur noch evangelische Priester beigesetzt wurden. Eine Ausnahme bildete lediglich der Gedenkstein für die Berliner und Brandenburger Tsunami-Opfer von 2004. Damals hatte es im Indischen Ozean den tödlichsten Tsunami aller Zeiten gegeben. Wobei es sich ja genau genommen um mehrere Tsunamis handelte, die durch ein Beben ausgelöst wurden; insgesamt kamen um die 230.000 Menschen ums Leben, darunter mehrere tausend ausländische Touristen, von denen einige auch aus Deutschland stammten. An diesem Gedenkstein kamen Emma und Mifti während ihrer Wanderung über den kleinen Friedhof mehrfach vorbei. „Dann soll es Gerüchten zufolge noch einen unterirdischen Gand der Templer geben, der von der Dorfkirche wegführt", erklärte Emma.

„Meinst du, an den Gerüchten ist etwas dran?", fragte

Mifti.

„Ich weiß nicht. Bisher hat den Gang wohl noch niemand gefunden und im Netz steht, dass es keine wirklichen Belege für ihn gibt."

„Hm. Wäre das hier ein billiger Schundroman, würde ich jetzt wohl aus Versehen in den unterirdischen Gang hinein stürzen. Vielleicht weil der Boden, beziehungsweise die Decke des Ganges nach Jahrhunderten Materialermüdung oder sowas hat", überlegte Mifti.

Sie sahen einander an, aber nichts passierte. Also begann Mifti auf und ab zu hüpfen. „Mifti, das wird nie im Leben funktionieren", meinte Emma und winkte grinsend ab.

„Da hast du wahrscheinlich recht, aber ich probiere es trotzdem."

„Komm, Mifti. Wir sind hier auf einem Friedhof. So sollte man sich hier wirklich nicht benehmen", fand Emma, musste aber trotzdem weiter ein bisschen lächeln.

„Es scheint auch nichts zu bringen; ich denke..."
Weiter kam Mifti nicht, denn da brach unter ihr schon der Boden ein und sie stürzte etwa vier Meter in die Tiefe. „Mifti!", rief Emma erschrocken aus.

Keine Antwort. „Mifti! Lebst du noch?"

„Nein", kam Miftis Antwort von unten, während sie die Leuchtfunktion ihres Handys einschaltete und es wie eine Taschenlampe benutzte.

„Mal im Ernst; geht es dir gut?", fragte Emma.

„Ja. Ich glaube, ich bin nicht verletzt. Ich denke mal, ich habe den Gang gefunden. Nur wie komme ich hier wieder heraus?"

„Soll ich die Feuerwehr rufen?", wollte Emma wissen.

„Lieber nicht. Die bringen auch gleich die Polizei mit und dann holen die mich hier zwar raus, halten uns aber davon ab den Gang zu erkunden."

„Was soll ich dann machen?"

„Sind wir nicht auf dem Hinweg an einem Baumarkt nahe dem Südkreuz vorbeigekommen? Hol von dort ein paar Seile, eine Taschenlampe und eine Strickleiter. Und vielleicht, wenn auf dem Rückweg was in der Nähe ist, ein paar Getränke."

„Okay, aber das kann ein bisschen dauern. Was wenn jemand in der Zwischenzeit den Eingang hier entdeckt?"

„Darum machen wir uns Gedanken, falls es so weit kommt. Zur Not sage ich halt die Wahrheit; das der Boden nachgegeben hat und ich hinuntergestürzt bin. Aber es wäre mir lieber, wir könnten den Gang erkunden, ohne das Polizei und Feuerwehr uns im Weg stehen. Ganz zu schweigen von all den Schaulustigen, die sie im Schlepptau hätten."

„In Ordnung, Mifti. Ich ziehe dann los. Bin sobald wie möglich wieder zurück", sagte Emma und machte sich auf den Weg.

Unterwegs rief sie zur Sicherheit trotzdem ihre Mutter an und teilte ihr mit, wo sie sich befanden und was sie vorhatten. Für den Fall, dass sie nämlich aus dem Gang plötzlich unerwartet doch nicht mehr herauskamen, wusste jemand wo sie waren und konnte die Behörden informieren.

*

Als Emma wieder am Loch ankam, machte sie noch ein paar Fotos von dem Loch und der Umgebung. Besonders den Grabstein in der Nähe lichtete sie als Wegmarkierung ab und versendete alle Fotos an ihre Mutter, damit diese genau wusste wo der Eingang war. Dann begann sie Mifti zu rufen und diese antwortete ihr. „Es geht mir gut. Keine Sorge", erklang von unten. Emma machte sich daran ihren eigenen Abstieg vorzubereiten und band die Strickleiter mit Seilen an einen nahegelegenen Baum. Dann begab sie sich zu Mifti, die auf sie gewartet hatte. Gemeinsam machten sie sich daran, den geheimnisvollen unterirdischen Gang der Templer zu erkunden.

Kapitel 4: Der Geheimgang und andere Geheimnisse

Emma und Mifti brachten Licht in die Dunkelheit. Der Gang sah ziemlich alt aus, aber er war offenbar noch recht gut in Schuss. Nur an der Stelle wo Mifti herumgetrampelt hatte, war eben die Decke eingebrochen. Und jetzt lag jede Menge Friedhofserde im Gang. „In welche Richtung sollen wir zuerst gehen?", fragte Mifti.

„Erstmal da lang", entschied Emma.

Der Weg führte sie wenige Meter weit, bis sie sich unter der Kirche befanden. Sie öffneten eine alte Holztür, aber dahinter befand sich lediglich eine Steinmauer. „Den Eingang haben wohl die Templer zugemauert...", schätzte Mifti.

„Hm. Vermutlich eher nicht. Die Steine hier sehen deutlich jünger aus, als die Steine vom Tunnel. Ich glaube, diese Mauer ist keine hundert Jahre alt", meinte Emma.

Sie betastete ein wenig die Mauer und meinte dann: „Na ja, hier kommen wir nicht weiter. Gehen wir in die andere Richtung."

Also machten sich Emma und Mifti weiter auf den Weg. Der Gang führte sie am von Mifti geschaffenen Loch vorbei und sie gingen vorsichtig Meter um Meter vorwärts, bis sie nach etwa 300 Metern einen Raum erreichten. Dort stand in der Mitte ein alter Tisch und rund herum mehrere uralte Stühle. Ein zweiter Gang führte vom Raum weg, aber Emma sagte: „Sehen wir uns erstmal hier um."

Emma fiel sofort auf, wie wenig staubig es in diesem

Raum war. „Komisch. Verglichen mit dem Gang durch den wir kamen, ist es hier recht sauber. Kaum Staub. Sehr seltsam. Und die Möbel sind zwar alt, aber ganz sicher nicht aus dem Mittelalter. Sie sehen aus wie Stühle aus der viktorianischen Ära. Wohl aus Großbritannien importiert."

Emma schaute sich die Stühle genauer an. Dann schnüffelte sie an ihnen. „Und sie riechen nach diesem Lack, den meine Mutter auch immer benutzt, um die Gartenmöbel vor der Witterung zu schützen. Den gibt es aber erst seit den 1980ern. Ja, dieser Raum wurde definitiv in den letzten Jahren benutzt."

„Das hätte ich dir auch durch einen Blick auf die Wand sagen können", meinte Mifti und deutete auf einen Kalender, der an der Wand hing.

„Was zum..."

Emma eilte zum Kalender. Ein Blick auf das Ding brachte sie zu folgendem Ausruf: „Das ist ein Kalender aus dem Jahr, in dem der Mord stattfand! Und das letzte Blatt welches noch dran hängt, zeigt den Mordmonat! Du liebe Güte!"

„Und danach hat hier niemand mehr einen neuen Kalender aufgehängt", stellte Mifti fest.

„Das ist mehr als verdächtig."

Emma begann damit alles im Raum mit ihrem Handy zu fotografieren. „Trotzdem verstehe ich noch nicht, welche Verbindung der Tote ausgerechnet zu meiner Heimat Mahlow hatte? Wenn hier ein geheimer Treffpunkt oder so etwas in der Art ist, warum wurde seine Leiche dann in Mahlow gefunden?", fragte Emma.

„Tja, wer weiß..."

Da fand Emma einen Zettel. Er war offenbar unter den

großen Holztisch gerutscht. Auf ihm befanden sich erneut die Schriftzeichen der Templer. Emma übersetzte kurz den Inhalt: „Nächster Treffpunkt im geheimen Bunker von Mahlow."

„Ach du liebes Bisschen."

„Das kann doch nicht wahr sein. Also gibt es einen geheimen Treffpunkt der Templer oder Freimaurer in Mahlow. Irgendwo in einem Bunker. Oh man."

„Dann hatte der unbekannte Tote bestimmt dort was gemacht, was ihn dann das Leben kostete. Vielleicht ist er den Geheimnissen der Templer oder Freimaurer auf die Spur gekommen...", mutmaßte Mifti.

„Gut möglich. Wir müssen diesen Bunker finden. Aber erstmal sehen wir uns hier noch weiter um", entschied Emma.

„Okay, aber wie wollen wir den Bunker finden?", fragte Mifti, während sie sich nun dem zweiten Gang widmeten.

Besagter Gang führte sie zu einer Treppe und diese wiederum zu einer Luke, durch welche sie in einem Park herauskamen. Während sie die Luke schlossen und im Anschluss zum Friedhof zurück gingen, um ihre Seile und die Strickleiter einzusammeln, überlegte Emma. Dann verkündete sie: „Es gibt eigentlich nur eine Möglichkeit, wie wir einen unbekannten Bunker in Mahlow und Umgebung finden können."

„Und die wäre?"

„Man muss die ganze Gegend mit einem Bodenradar aus der Luft untersuchen. Bodenradare werden zum Finden von Leitungen, Minen und auch in der Archäologie eingesetzt. Im Moment fällt mir nur diese Möglichkeit ein. Aber ich habe weder ein Flugzeug noch ein Bodenradargerät."

„Ich auch nicht, Emma. Aber ich denke mal, sowas kann man irgendwo mieten; zusammen mit einem Fachmann, der weiß wie man damit umgeht. Und bezahlen tut das mein lieber Herr Vater", erklärte Mifti und rief ihn sogleich an.

Worüber sich Emma natürlich sehr freute.

*

Ein paar Tage später hatte Miftis Vater alles geregelt und sie starteten mit einem kleinen Flugzeug von einem Privatflughafen südöstlich von Berlin in Richtung Mahlow. An Bord waren Emma und Mifti, sowie der Pilot und ein Fachmann für's Bodenradar. „Das wird aber eine Weile dauern, bis wir alles von hier oben erfasst haben", meinte der Radarmann noch zu den beiden Frauen.

„Kein Problem. Wir haben Zeit und jede Menge belegte Brote und Getränke im Gepäck", antwortete Mifti und klopfte auf den Rucksack, der sich auf ihrem Schoß befand.

Während der Radartyp Radarsachen machte, die für Mifti allesamt böhmische Dörfer waren, fragte sie leise an Emma gewandt: „Sag mal, hat eigentlich schon jemand den Tunnel unter der Dorfkirche gefunden, den wir entdeckt haben?"

„In den Nachrichten stand nichts darüber", antwortete Emma.

„Glaubst du, das liegt daran, dass den Eingang einfach

wirklich bisher niemand entdeckt hat, oder halten die Medien den Deckel drauf, weil sie von den Freimaurern oder irgendwem anders kontrolliert werden?"

„Ich weiß nicht; ich ziehe beide Möglichkeiten in Betracht. Das die Medien bei uns gleichgeschaltet sind, dürfte dir ja klar sein. Aber ich glaube eher, dass es eine Art freiwillige Gleichschaltung ist und dahinter nicht unbedingt immer Anweisungen von oben stecken."

„Nur in dem Fall könnte es wirklich so sein. Warum sonst sollten sie den Deckel drauf halten; sofern der Gang inzwischen doch entdeckt wurde?"

„Tja... vielleicht hat ihn ja niemand gefunden. Als wir auf dem Friedhof waren, war dort kein Mensch und selbst wenn sich in der Zwischenzeit jemand dort umgesehen hat, könnte dieser Jemand so ein Loch von knapp einem Meter Durchmesser durchaus übersehen haben. Es liegt ja auch nicht auf dem Weg oder so...", meinte Emma.

Dann dachte sie kurz nach und fügte hinzu:

„Außerdem... wer weiß ob diese Templer, Freimaurer oder was auch immer tatsächlich so mächtig sind. Ich meine, Gesetz dem Fall es handelt sich bei diesen Freimaurern um die mächtigen Logen über die man so viel Bedenkliches hört; warum sollten die sich in einem uralten Keller treffen, anstatt zum Beispiel in einem Fünf-Sterne-Hotel in Frankfurt oder so? Mal ehrlich; der Raum hatte schon bessere Tage gesehen."

„Aber Emma, was ist wenn sie alles Wertvolle mitgenommen haben, nachdem der Mord geschah?"

„Einiges haben sie bestimmt mitgenommen, aber warum sollten reiche, mächtige Leute sich so ungemütliche Stühle zum sitzen aussuchen? Gut, vielleicht waren sie mit Kissen ausgelegt und die wurden mitgenommen, aber trotzdem... irgendwie ist das Ganze seltsam. Vielleicht haben wir es hier gar nicht mit den ultramächtigen Freimaurern zu tun, sondern nur mit einem Ableger oder einer Abspaltung der Loge. Oder Nachmachern, die sich einfach an den Templern orientieren. Ich meine, ein geheimer Keller mitten unter einem Park in Berlin und ein Bunker irgendwo in der Gegend von Mahlow; warum sollten die sich gerade an solchen Orten treffen? An Orten, wo man sie beim Betreten beobachten könnte; vielleicht nicht gerade in Mahlow, aber doch zumindest in Berlin. An Orten, die theoretisch jederzeit entdeckt werden könnten. Nein, Mifti. Je mehr ich darüber nachdenke, desto unwahrscheinlicher erscheint es mir, dass wir es hier mit den Freimaurern zu tun haben, die tatsächlich ultramächtig sind. Ich glaube eher, das könnten eine Art Untergruppe, eine Abspaltung oder einfache Nachmacher sein."

„Oder aber denen ist ihre eigene Tradition sehr wichtig. Wenn die sich schon vor Jahrhunderten in diesem unterirdischen Raum in Tempelhof getroffen haben..."

„Schon, aber der nächste Hinweis führt uns zu einem Bunker. Dort stand wortwörtlich 'Bunker' und das was wir uns unter Bunkern vorstellen, gibt es erst seit dem zweiten Weltkrieg. Gut, im ersten Weltkrieg haben sie auch so behelfsmäßige Dinger in den Schützengräben der Westfront gebaut, aber ganz sicher nicht in Mahlow. Ich gehe davon aus, dass einer aus dem zweiten Weltkrieg oder dem kalten Krieg gemeint ist; es gibt und gab zwar ein paar Bunker in der Gegend und je weiter man diesen Umkreis definiert, desto mehr gibt es natürlich, aber die sind alle bekannt und taugen nicht als geheime Treffpunkte. Es muss also ein bisher unbekannter Bunker sein, den wir suchen", schlussfolgerte Emma.

„Und wenn es mehrere unbekannte Bunker gibt?"

„Dann suchen wir eben, bis wir den Richtigen entdeckt haben. Es muss ja einer sein, dessen Eingang sich irgendwie öffnen lässt. Ein Zugang muss vorhanden sein, wenn diese Leute sich dort noch vor wenigen Jahren getroffen haben", meinte Emma zuversichtlich.

„Aber was ist, wenn sie bereits wissen, dass wir in ihrem Geheimversteck in Tempelhof waren und uns jetzt in dem Bunker auflauern?"

„Oh. Daran habe ich noch gar nicht gedacht. Hoffen wir, dass das nicht passiert. Vielleicht sollten wir, sobald wir sicher sind welches der richtige Bunker ist, die Polizei hier vor Ort informieren. Obwohl... eigentlich glaube ich ja nicht, dass sie uns nach Jahren in diesem Bunker auflauern. Wahrscheinlich haben sie den Bunker ebenso geräumt wie das Versteck unter dem Park. Aber vielleicht entdecken wir ja dort trotzdem noch ein paar Hinweise, die uns weiterhelfen", hoffte Emma.

„Na ja, besonders schlau können diese Leute wohl nicht sein, wenn sie den Zettel verloren oder vergessen haben, der auf ihren Bunker in Mahlow verweist", fand Mifti.

„Hm. Das stimmt. Womöglich haben wir es in diesem Fall doch nicht mit Profis zu tun; also nicht mit den Freimaurern, die der globalen Elite angehören, sondern mit Amateuren. Das macht es für uns hoffentlich leichter."

„Oder aber der Hinweis wurde absichtlich hinterlassen. Als eine Art Falle", mutmaßte Mifti.

„Das glaube ich eher nicht. Der Hinweis war verstaubt; er muss jahrelang dort unter dem Tisch gelegen haben. Außerdem... für wen sollten sie ihn vor sechseinhalb Jahren, als der Mord passierte, hinterlassen haben? Für uns wohl kaum."

„Vielleicht für das Mordopfer. Eventuell hat er ihnen hinterher geschnüffelt und sie ließen den Hinweis für ihn zurück, um ihn in eine Falle zu locken."

„Dann hätte er den Zettel aber eher mitgenommen, oder? Obwohl... vielleicht wollte er nicht entdeckt werden und legte den Zettel dort ab, wo er ihn fand; freilich nachdem er ihn fotografierte. Möglich ist alles. Aber für uns war er bestimmt nicht gedacht; oder glaubst du, der oder die Täter dachten: 'Hm. Vielleicht ermittelt ja irgendwann mal eine kleine Amateurdetektivin namens Emma in diesem Fall. Für die hinterlasse ich mal diesen Hinweis'."

Da musste Mifti lachen. „Und für die Polizei wurde der Hinweis bestimmt nicht hinterlassen. Die in eine Falle zu locken, bei der dann eventuell Beamte draufgehen, wäre enorm dumm, weil sie das erst recht motivieren würde in dem Fall alles zu geben um ihn zu lösen. So ist der Fall einer von vielen und fällt bei all den anderen Fällen in denen so ermittelt wird, gar nicht weiter auf... obwohl... wenn sie nicht weiter auffallen wollen, wieso begehen sie dann einen Mord im Schnee, der allein wegen der fehlenden Fußabdrücke auffällig ist...?", überlegte Emma.

Da musste Mifti ihr beipflichten: „Das ist allerdings seltsam. Mir erschließt sich der Grund wieso die Tat gerade so begangen wurde ebenfalls nicht."

„Na ja, vielleicht finden wir darauf noch eine Antwort.

81

Mal schauen was bei der Bodenradaruntersuchung herauskommt", entgegnete Emma.

Zuversichtlich schauten Mifti und sie in Richtung des Radartypen, der in seine Arbeit vertieft war. Auch der Pilot konzentrierte sich voll und ganz auf seinen Job.

„Papas Geld ist gut angelegt; er hat für die Besten bezahlt", meinte Mifti.

Das sah Emma ganz genauso.

*

Einige Stunden später waren sie mit ihren Flugrunden fertig und der Pilot brachte die Maschine in den Hangar. Der Radarmann kümmerte sich um die Auswertung der Aufnahmen und Emma ging mit Mifti erstmal nach Hause, denn die Aufnahmenauswertung konnte ein wenig dauern. Als Emma und Mifti wieder in Mahlow eintrafen, sahen sie auf dem Weg nach Hause einige Einwohner, die sich bereits auf Halloween vorbereiteten. Selbst ausgeschnitzte Kürbisse wurden vor Häuser gestellt und ein paar Kinder liefen mit noch verpackten, offenbar bei REWE gekauften Kostümen an den beiden jungen Frauen vorbei. „Also wird bei Euch auch viel Halloween gefeiert?", fragte Mifti.

„Ja. Für viele andere ist es aber einfach nur Allerheiligen. Wobei das ja am 01. November ist, während Halloween am 31. Oktober stattfindet."

Mifti schaute Emma fragen an. Emma erklärte: „An Allerheiligen wird, wie der Name schon sagt allen christlichen Heiligen gedacht. Weil es im Laufe der Zeit etwas schwierig wurde den Überblick über all die Heiligen und ihre vielen Festtage zu behalten, kam man wohl auf die Idee. Den Anfang machte wohl Papst Gregor III. Er weihte eine Kapelle in der Basilika St. Peter allen Heiligen und legte dabei für die Stadt Rom den Feiertag auf den 01. November. Etwas später, so gegen Ende des 8. Jahrhunderts wurde in Irland das Fest auf den 01. November, den Beginn des keltischen Jahres und zugleich den Winteranfang, gelegt. Recht bald verbreitete sich dieser Brauch durch die iroschottischen Missionare nach und nach in der gesamten Westkirche. Man begann vor allem auch in Frankreich das Fest an diesem Tag zu feiern. Das Ganze wurde damals durch Kaiser Ludwig den Frommen gefördert. Papst Gregor IV. legte dann 835 Allerheiligen für die gesamte Westkirche auf den 01. November fest."

„Was du so alles weißt", staunte Mifti.

„Meine Mama meint, mit dem was ich alles weiß könnte man ganze Bücher füllen."

„Wie schön. Mein Vater meinte mal, für das was ich alles weiß, würde ein halbes Micky-Maus-Heft reichen."

„Das ist aber nicht sehr nett", bemerkte Emma.

„Fand ich auch. Wir haben uns früher nicht so gut verstanden; jetzt geht es einigermaßen."

„Na das ist doch schön. Und immerhin hat er uns den Flug spendiert."

„Das ist wahr. Aber nur, weil er und deine Mama sich ein wenig Sorgen wegen deiner Ermittlungen machen."

„Das habe ich mir fast schon gedacht. Und du? Machst du dir auch Sorgen?", wollte Emma wissen.

„Eigentlich nicht. Ich meine, bisher ist das Schlimmste

was uns passiert ist, dass ich in ein Loch gefallen bin. Das war zwar unangenehm und mir hätte was passieren können; ist aber nicht. Und ich bin mir sicher, dass wir einen leeren Bunker finden, in den wir die Polizei vorschicken, ist auch alles andere als risikoreich", meinte Mifti.

„Wohl wahr. Sag mal, heute Abend beginnt das Filmfest. Willst du mit mir und Mama hingehen?"

„Klar. Schauen wir uns die Filme von Renate Krößner an", stimmte Mifti zu und freute sich sehr dabei zu sein. Und kurz nachdem Emma und Mifti wieder daheim waren und sich ein wenig gestärkt hatten, brachen sie mit Emmas Mutter zum Filmfest auf. Sie genossen den ganzen Abend lang mit etwa 250 weiteren Bürgern Mahlows die schönen Filme und hatten einen angenehm entspannten Abend.

*

Am nächsten Tag meldete sich der Radartyp telefonisch. Als Mifti Emma zu sich rief und dabei bemerkte „Emma, der Radarmann hat Neuigkeiten", korrigierte dieser sie mit den Worten: „Eigentlich bin ich Archäologe..."

„Mein Fehler. Auf jeden Fall danke für Ihre Hilfe", entgegnete Mifti daraufhin und der Mann erklärte ihnen, was er wo gefunden hatte.

Tatsächlich gab es zwei unentdeckte Bunker in der Umgebung von Mahlow. Der Forscher versprach, Mifti die Standorte per Mail zuzusenden. Fünf Minuten später

traf die Mail ein und Mifti schaute sie sich mit Emma zusammen an. Weitere zehn Minuten später informierte Emma pflichtbewusst die Polizei. Die Dorfpolizisten freuten sich einerseits, dass es in dem Fall neue Hinweise gab, tadelten Emma aber andererseits ein wenig für ihren Alleingang. Trotzdem erklärte sie ihnen jeden Schritt ihrer Ermittlungen und die Beamten waren einverstanden, Emma und Mifti dabei sein zu lassen.
So fuhren Emma und Mifti mit mehreren Beamten zum ersten der beiden Bunker. Es dauerte dank der Daten des Radarmanns... pardon des Archäologen nicht lange, bis sie den Eingang gefunden hatten. Die Beamten schauten sich den Bunker an. Es war zunächst nur ein etwa zehn Meter langer Eingangstunnel, der in ein paar unterirdische Räume führte. Die meisten davon waren leer; bis auf der Letzte. Darin lagen fünf Leichen. „Oh Gott!", rief einer der Polizisten aus.
Die Toten lagen dort offenbar bereits mehrere Jahre. Einer der Beamten rannte aus dem Bunker hinaus und kotzte in den Wald. Ein anderer rief im örtlichen Revier an und meldete den Fund. Nachdem er aufgelegt hatte, murrte er: „Toll. Jetzt werden wieder die 'Fachkräfte' aus Berlin antanzen..."
Emma und Mifti hatten das Telefonat mitgehört.
„Können wir uns den Tatort ansehen?", fragte Emma die Beamten.
„Auf gar keinen Fall. Ich will nicht dafür verantwortlich sein, dass Ihr die nächsten Jahre zur Therapie müsst", verbot ihnen der ranghöchste Beamte den Zugang.
„Aber wir haben den Geheimcode geknackt und die geheimen Anlagen gefunden. Das muss doch etwas wert sein", protestierte Mifti.

„Da drinnen gibt es ohnehin nichts zu sehen außer den Toten. Der Bunker ist völlig leer", lautete die Antwort auf Miftis Protest.

Trotzdem blieben die beiden Frauen in der Nähe. Man erlaubte ihnen in einem der Polizeiwagen mit offenen Türen zu warten. Sie warteten bis die Beamten aus Berlin ankamen und bis sie einer der Leute von dort befragte. Diesmal erzählten sie nicht die ganze Geschichte; nur das sie in Berlin diesen geheimen Tunnel gefunden hatten, als sie einen Ausflug nach Tempelhof machten. Sie hatten sich dann aus Spaß an der Freude und in der Hoffnung auf einen Tempelritterschatz auf die Suche gemacht und dann den Bunker mit Hilfe des Bodenradars gefunden. Gesetzestreu wie sie waren, meldeten sie den Bunker dann der örtlichen Polizei. Das sie den Geheimcode geknackt hatten, beziehungsweise das Emmas Mutter sie auf die Lösung gebracht hatte, verschwiegen sie zum Wohle der Dorfpolizisten. Später wurden Emma und Mifti nach Hause gefahren, wo sie sich erstmal mit etwas zu essen stärkten. Zwar hatte einer der Dorfbeamten ihnen belegte Brote und Fanta gebracht, aber das reichte nach all dem Stress irgendwie nicht. Kurz nachdem die beiden jungen Frauen alles der guten Kazuha berichtet und ordentlich gegessen hatten, klingelte es an ihrer Tür. Einer der Dorfpolizisten stand dort und brachte ein Foto mit. „Als kleines Dankeschön, dass Ihr verschwiegen habt, dass wir Euch den Geheimcode gaben. Es ist der einzige Hinweis, den wir im Bunker gefunden haben", sagte er, salutierte vor den Frauen und ging wieder seiner Wege.

Kazuha befürchtete erst, es sei ein Bild von den

Leichen, aber das Bild war ein Bild von einem Bild. Und dieses Bild hing offenbar an der Bunkerwand. Auf der Rückseite des Fotos hatte der Beamte geschrieben: „Unbekannte Person, deren Bild in einem Rahmen an die Wand geklebt wurde. Wir haben das Bild bisher nicht abbekommen."

„Dann wurde der Bunker also ebenfalls ausgeräumt, aber das Bild ging nicht ab und konnte nicht entfernt werden", stellte Emma fest.

Dann fiel ihr etwas ein und sie lief dem Polizisten nochmal kurz nach. Nach drei Minuten kam sie zurück.

„Was hast du ihm denn gesagt?", wollte Mifti wissen, während sie zusammen mit Emma und Kazuha wieder ins Haus ging.

„Nur dass mir eingefallen ist, dass man vom Bunker bis zum Tatort auf dem Feld eine Linie ziehen und das Gebiet absuchen sollte. Vielleicht liegt dort ja irgendein Hinweis. Auch wenn das nach so vielen Jahren unwahrscheinlich ist..."

„Das ist eine gute Idee", lobte Kazuha.

„Ja, den Versuch ist es wert. Gut, die Chancen stehen wohl nicht so gut wie bei uns mit dem Bunker. Da standen sie ja 50:50 das wir gleich beim ersten Bunker den mit den Leichen finden", meinte Mifti.

„Ach ja, der zweite Bunker!", rief Emma aus und rannte nochmal dem Polizisten hinterher.

Diesmal dauerte es ein wenig länger, bis sie wieder da war, weil der Beamte schon etwas weiter weg war. Als sie zurückkam, warteten Mifti und ihre Mutter wieder an der offenen Haustür. „Was war es denn diesmal?", fragte Kazuha.

„Nun, mir ist eingefallen, dass es doch gut sein kann,

dass der oder die Täter jetzt den zweiten von uns entdeckten Bunker nutzen. Kann doch sein, oder? Ich meine, die Typen stehen offenbar auf unterirdische Gebäude."

„Ja, das kann wirklich gut sein", stimmte Mifti zu.

„Die Polizei wird sich also auch den zweiten Bunker noch ansehen", verkündete Emma.

„Gut, aber jetzt kommst du ins Haus. Es ist schon dunkel, da draußen läuft möglicherweise ein Mörder herum und wenn dir noch etwas einfällt, kannst du die Polizei auch anrufen", fand Kazuha.

Also ging Emma mit ihrer Mutter und Mifti wieder hinein und gemeinsam sprachen sie noch eine Weile über den Fall. Sie kamen jedoch zu keinen weiteren Erkenntnissen.

*

Am nächsten Morgen bekam Kazuha auf ihrem Festnetztelefon einen Anruf der Dorfpolizei. Man war Emmas Rat gefolgt und hatte den zweiten Bunker untersucht. Und sie hatten dort einiges gefunden. Ein Labor, eine Art Wohnzimmer und jede Menge Bücher. Und dasselbe Bild wie im ersten Bunker. Man wusste dank der Google Bildersuche inzwischen auch, um wen es sich dabei handelte. Es war in beiden Fällen ein Bild des Alchemisten Johann Konrad Dippel. Kazuha leitete diese Informationen an Emma weiter und Emma forschte sofort bezüglich dieses Herrn Dippel nach. Sie fand heraus, dass Dippel einige sehr seltsame

Forschungen betrieben hatte. Unter anderem hatte er Öle durch die Destillation von Knochen und Fleisch hergestellt und einige Leute meinen, er der auf Burg Frankrenstein geboren wurde, diente der Autorin Mary Shelley als Vorbild für ihren Dr. Frankenstein. Fakt war auf jeden Fall, dass Dippel immer wieder Schriften gegen die Orthodoxie veröffentlichte. Emma sah sich das Bild von Dippel an und irgendwie wirkte er unheimlich auf sie. „Wer weiß, was der so alles im Geheimen geforscht hat? Und wer weiß, ob jemand seine Arbeiten nicht noch heute fortsetzt?", sagte sie zu sich selbst.

Kurze Zeit später wachte Mifti auf, gähnte ausgiebig und frühstückte erstmal. Dann gesellte sich die Langschläferin zu Emma und diese teilte ihr den neuen Stand der Dinge mit. „Wird die Polizei dir mitteilen, was genau in dem Labor erforscht wurde, sobald sie es weiß?", wollte Mifti am Ende von Emmas kurzem Bericht wissen.

„Der Dorfpolizist sagte mir, dass er mich auf dem Laufenden hält. Aber er kann mir auch nur die Informationen geben, welche ihn seine Kollegen aus Berlin wissen lassen."

„Verstehe. Es könnte also sein, dass wir ab jetzt auf dem Trockenen sitzen", befürchtete Mifti.

„Gut möglich."

„Und was machen wir dann?"

„Ich denke, darum machen wir uns Gedanken wenn es soweit ist. Jetzt feiern wir erstmal Halloween; schließlich ist heute der 31. Oktober. Mama hat uns lecker Kürbissuppe zum Frühstück gemacht; ich kann sie bis hier oben in mein Zimmer riechen. Und ich nehme an, sie macht wie jedes Jahr ein leckeres Kürbisbrot dazu", entgegnete Emma.

„Alles klar."

Emma stand auf und ging gemeinsam mit Mifti nach unten in die Küche. Dort futterten sie mit Emmas Mutter das leckere Kürbisgericht und starteten so recht entspannt in den Tag.

*

Weitaus weniger entspannt startete der 31. Oktober für die Polizeibeamten in Berlin. Das es mal wieder einen Anschlag auf ein Revier in der Großstadt gab, war nicht weiter verwunderlich; in Berlin passierten sowieso immer die seltsamsten Sachen. Es wurden schon Supermärkte überfallen, die direkt neben Polizeirevieren lagen und die Beamten trafen trotzdem zu spät am Tatort ein, um die Täter noch zu schnappen. Auch Angriffe auf Reviere waren keine Seltenheit. Natürlich könnte es ein Zufall gewesen sein, dass gerade das Revier abbrannte, in dem der Leichenfund in Mahlow bearbeitet wurde. „Ein Zufall. Der Hauch des Schicksals hat uns zwei berührt", würden wohl gewisse Verschwörungstheoretiker aus dem rechten Lager singen.

Nur wird eben oft vergessen, dass Verschwörungstheoretiker lediglich Leute sind, die Theorien zu Verschwörungen aufstellen. Und gibt es etwa keine Verschwörungen in der Welt? Sind Julius Caesar und Abraham Lincoln bedauerlichen Unfällen zum Opfer gefallen?

Nun, auf alle Fälle war alles was an Beweismitteln im Bunker aufgefunden wurde, den Flammen zum Opfer gefallen.

Wirklich alles?

Nein, ein Buch hatte das Feuer überlebt, weil es ihm gar nicht ausgesetzt war. Die Beamten von Mahlow hatten alles fein säuberlich verpackt und in einen Wagen geladen; diese Arbeit ließen ihre Kollegen aus Berlin sie gerne machen. Nur für dieses in Leder gebundene, dicke, alt aussehende Buch war eben am Ende kein Platz mehr gewesen. Also entschieden die Mahlower Beamten es noch einen Tag lang zu behalten und erst am nächsten Tag weg zu schicken. Als sie dann ganz nebenbei von dem Brandanschlag erfuhren, glaubten sie nicht an einen Zufall. Wie gesagt; sie erfuhren nebenbei davon. Übers Internet. Ihre Berliner Kollegen hielten es auch jetzt nicht für notwendig, sich mit ihnen auszutauschen. Das Erste was einer der Polizisten tat, was sich mit dem Buch an einen Scanner zu setzen und es Seite für Seite einzuscannen. Dann verschickte er Kopien des gescannten Wälzers. Ein paar an sich und seine Mahlower Kollegen und mehrere an die Beamten in Berlin. Anschließend rief er Emma und ihre Mutter an und informierte sie über das Ereignis in der Hauptstadt. Die beiden Frauen waren schockiert. Der Beamte sprach mit ihnen noch kurz über das Buch und schlug vor, es Emma zuzusenden. Emma war einverstanden und so erhielt sie noch am selben Tag eine digitale Kopie des Wälzers.

*

Nachdem Emma mit ihrer Mutter und Mifti zu Mittag gegessen hatte, sahen sie sich zu dritt das Buch an. Das ging am einfachsten, indem Emma alles ausdruckte und den Inhalt verteilte. Ein Drittel für sich, eines für Mifti und eines für ihre Mutter. Was Emma sofort auffiel war, dass die Sprache gar nicht mittelalterlich klang und die Schrift offenbar neueren Rechtschreibregeln folgte.

„Das Buch ist zwar auf alt gemacht, aber es ist anscheinend noch gar nicht so alt", bemerkte Emma.

„Oder die Autoren waren ihrer Zeit voraus und wussten schon im Mittelalter, dass es irgendwann mal eine Rechtschreibreform geben würde. Oder es waren Zeitreisende, die aus der Jetztzeit stammen und das Buch im Mittelalter schrieben", scherzte Mifti.

„Schade das sie uns das Orginal nicht zeigen, aber nicht zu ändern. Auf alle Fälle ist der Inhalt nicht verschlüsselt. Man ging wohl nicht davon aus, dass jemand Außenstehendes das alles jemals lesen würde", schlussfolgerte Emma.

Die drei Frauen lasen und stellten ziemlich schnell fest: Der Inhalt des Buches hatte es in sich. „Meine Güte! Was für ein Irrsinn! Da geht es ja um allen möglichen Schund. Geisterbeschwörungen, schaurige Forschungen um Unsterblichkeit zu erlangen. Ein Humbug jagt den Nächsten", befand Emmas Mutter.

„Nun, die Leute die das hier aufgeschrieben haben, scheinen daran zu glauben. Hier steht eine Art Formel für einen Unsterblichkeitstrank. Man braucht dafür fünf menschliche Herzen. Ekelhaft", meinte Mifti.

„Fünf Herzen... es waren doch fünf Leichen in dem

Bunker. Womöglich hat sie jemand umgebracht, um an ihre Herzen zu kommen? Wir sollten die netten Polizisten fragen, ob die Toten noch ihre Herzen hatten", sagte Emma.

Also rief ihre Mutter kurz dort an, aber die Beamten in Blankenfelde wussten auf ihre Frage keine Antwort. Denn: „Die Leichen waren in der Pathologie des Reviers, welches abgebrannt ist und wurden wohl noch nicht eingehend untersucht. Mal sehen, ob da noch was zu machen ist..."

Kazuha legte nach einer kurzen, höflichen Verabschiedung auf und teilte Mifti und Emma das Ganze mit. „So kommen wir also auch nicht weiter. Fakt ist aber, dass dieses Buch von mehreren verschiedenen Leuten geschrieben wurde. Ich habe beim Lesen acht verschiedene Handschriften erkannt", stellte Emma fest.

„Acht... Hm. Fünf Leichen im Bunker, eine auf dem Feld. Zumindes Gesetz dem Fall, dass der Eine auch Mitglied in dem Verein war und sich nicht nur einschleichen wollte... dann bleiben noch zwei Leute übrig. Womöglich die Mörder", überlegte Mifti.

„Ja, gut möglich. Und wenn deren Alchemie erfolgreich war, haben wir es jetzt mit unsterblichen Killern zu tun", meinte Emma, woraufhin Mifti und ihre Mutter sie fragend anblickten.

„Nur ein Scherz", winkte Emma daraufhin ab und fügte hinzu: „Dieser Humbug aus dem Buch hier hätte niemals funktioniert. Wenn das wirklich möglich wäre, hätten wir längst 5.000.000.000 Menschen weniger auf der Welt und 1.000.000.000 Unsterbliche würden hier herumlaufen."

„Hälst du die Menschen wirklich alle für so böse?",
fragte Kazuha.

„Nein, doch nicht alle. Es wären ja immer noch die
mehr als 2.000.000.000 Leute da, die sowas nicht
mitmachen und sich auch nicht für die Unsterblichkeit
anderer opfern lassen", antwortete Emma.

Dann ließ sie sich kurz die entsprechende Stelle mit den
fünf Herzen von Mifti zeigen. „Hm. Man braucht neben
den fünf Herzen noch irgendwelche Kräuter von denen
ich noch nie gehört habe. Die 'Gemeine Alraune' kenne
ich natürlich, aber was zum Geier ist eine
'Mesopotamische Waretti-Knolle'? Höre,
beziehungsweise lese ich heute zum ersten Mal", meinte
Emma.

Mifti suchte kurz im Netz danach, fand aber nichts
dazu. „Wer weiß ob es sowas wirklich gibt? Vielleicht
haben diese Typen sich das Ganze in ihrem Wahn
ausgedacht", überlegte Mifti.

„Kann gut sein", stimmte ihr Kazuha zu.

Da klingelte das Telefon. Es war einer der
Dorfpolizisten. Er informierte Emmas Mutter, dass sie
Emmas Rat befolgt und die Gegend in einer geraden
Linie zwischen dem Bunker mit all den Toten und dem
Tatort auf dem damals eingeschneiten Feld untersucht
hatten. Dabei waren sie nahe des Bunkers auf zwei fest
in den Bäumen steckenden Messer gestoßen, die
genauso aussahen wie das Messer, mit dem der Tote auf
dem Feld umgebracht worden war. Kazuha teilte das
Emma kurz mit und dieser kam bereits nach ein paar
Sekunden eine Idee: „Eine Armbrust!"

„Hä?", fragte Mifti.

„Na eine Armbrust. Nur eben eine, die so umgebaut

wurde, dass man damit speziell solche Messer abschießen kann. Das muss die Tatwaffe sein", verkündete Emma und schien sich ihrer Sache dabei sehr sicher zu sein.

Der Polizist, der am Telefon Emmas Worte mitgehört hatte, meinte: „Das klingt etwas unrealistisch, aber es würde die beiden Messer in den Bäumen erklären. Sie stecken dort auch schon mehrere Jahre schätze ich. Wenn die gute Emma recht hat, dürfte der Tote aus dem Bunker geflohen sein, während oder nachdem die anderen fünf umgelegt wurden. Dann verfolgten ihn der oder die Täter und schossen mit dieser Messerarmbrust auf ihn. Nur stelle ich es mir ziemlich schwierig vor, jemanden mit so einer Waffe zu töten."

„Das ist es auch; deswegen steckten ja die Messer in den Bäumen. Weil daneben geschossen wurde. Ich war mal mit Mama auf dem Bernauer Ritterfest und da habe ich auch mal mit einer Armbrust an einem Schießstand geschossen. Ich habe bestimmt zwölf Mal geschossen und nur einmal das Ziel getroffen und da prallte der Pfeil doch ernsthaft von der Zielscheibe ab. Es ist mit einer normalen Armbrust schon schwierig ein unbewegliches Ziel zu treffen; ich denke mal mit so einer umgebauten Messerarmbrust dürfte es es noch schwieriger sein", erklärte Emma.

„Aber wir haben nur zwei Messer gefunden. Der Täter könnte doch viel öfter daneben geschossen haben, oder?", fragte der Polizist.

„Natürlich. Aber die übrigen Messer werden er und oder sein Komplize wahrscheinlich eingesammelt haben. Nur es war wahrscheinlich dunkel, denn sie haben den Toten gewiss nachts gejagt; also haben sie nicht alle Messer gefunden, vermutlich aber die meisten. Nur Gott allein weiß, wie viele Schüsse sie vom Bunker bis zum Feld verbraucht haben", schätzte Emma.

„Aber auf dem Feld haben sie ihn dann aus weiter Entfernung getroffen?", fragte Mifti skeptisch.

„Vielleicht ein Zufallstreffer....", vermutete Emma.

„Nun, mit etwas Glück kann man das den oder die Täter bald selbst fragen; ich nehme doch an, es wurden im zweiten, noch genutzten Bunker reichlich Fingerabdrücke und DNA-Proben gefunden? Das hilft doch bestimmt dabei den Fall zu lösen, oder?", fragte Kazuha.

„Ja, aber ich fürchte die sind alle im Berliner Revier verbrannt...", antwortete der Dorfpolizist.

„Aber dann fahren Sie doch einfach zum Bunker und nehmen neue Proben!", schlug Mifti vor.

Da hörte man wie sich der Dorfpolizist am anderen Ende der Leitung an die Stirn klatschte und ausrief: „Ja! Natürlich! Verdammt! Dass ich daran nicht gedacht habe! So können wir auch die Beamten aus Berlin etwas vorführen! Auf gehts; danke und bis bald!"

Er legte auf und war offenbar Feuer und Flamme. Kazuha legte das Telefon weg und meinte: „Dann werden wir wohl bald erfahren, wer das alles zu verantworten hat."

„Nur wenn der oder die Täter bereits im System erfasst sind. Und angesichts dessen das man nicht einmal den Toten vom Feld identifizieren konnte, beschleichen mich da leichte Zweifel", schätzte Emma.

*

Eine Stunde später rief der Dorfpolizist wieder bei Emmas Mutter an. Er hielt sich nicht lange mit Begrüßungsfloskeln auf, sondern sagte gleich: „Es ist unfassbar! Jemand hat den Bunker in Brand gesetzt. Er ist natürlich noch da, denn es ist ein Betonbunker. Aber brauchbare Fingerabdrücke oder DNA-Spuren findet man da nicht mehr. Und das Schlimmste: Jemand hat unser Polizeirevier angezündet und das war nicht aus Beton."

„Oh Gott!", rief Kazuha entsetzt aus.

„Ich denke mal, die wollten Spuren verwischen. Vielleicht auch das Buch vernichten, aber das ist ihnen nicht gelungen, denn wir haben ja digitale Kopien an uns selbst, Sie und die Berliner Beamten geschickt. Also ist das Orginal zwar weg, aber das wird den Tätern nichts nützen", knurrte der Dorfpolizist am Telefon.

Er war offenbar bissig-froh den Tätern wenigstens auf diese Weise ein kleines Schnippchen geschlagen zu haben. Nachdem Kazuha ihm ihr Mitgefühl wegen des Reviers ausgesprochen hatte, verabschiedeten sie sich freundlich von einander und Emma und Mifti bekamen erklärt was passiert war. Nachdem Kazuha fertig berichtet hatte, fragte Emma: „Mama, glaubst du wir sind in Gefahr? Immerhin haben wir auch das geheime Buch bei uns..."

„Nein. Dem oder den Tätern dürfte nicht bekannt sein, dass wir es haben. Außerdem haben wir nur eine Kopie und die ist nun innerhalb der Polizei weit verbreitet. Trotzdem gehe ich jetzt lieber durchs ganze Haus und überprüfe alle Fenster sowie jede Tür."

Kazuha machte sich auf den Weg, während sich Emma und Mifti etwas zu trinken aus der Küche holten. Den Rest des Tages verbrachten sie damit, sich zu unterhalten und die Ausdrucke des seltsamen Buches durchzusehen. Das Ding war zum Teil auch übersäht mit Symbolen der Templer und Freimaurer; man hatte das Gefühl es sei von Besessenen geschrieben worden. Als es Abend wurde, klingelte es an der Tür und ein paar kostümierte Kinder baten mit „Süßes oder Saures" um Süßigkeiten. Emmas Mutter gab ihnen welche und so ging das den ganzen Abend. Die drei Frauen schauten sich später noch einen Gruselfilm an und gingen dann so gegen 23:00 Uhr schlafen.

Kapitel 5: Finale an Allerheiligen

Am nächsten Morgen wachte Emma recht früh auf und setzte sich wieder an die Seiten aus dem seltsamen Buch. Mifti schlief wie immer deutlich länger, aber der Inhalt des Buches verfolgte sie in ihre Träume. Sie wurde von gruseligen Alchemisten in braunen und grauen Kutten gejagt, bis sie schließlich aufwachte, aufstand und sich einen Tee aus der Küche holte. Mit der gefüllten Tasse Tee in der rechten Hand gesellte sie sich zu der lesenden Emma. Kazuha stand inzwischen ebenfalls auf, ging zum Kalender und kreuzte den 01. November an.

„Dieses seltsame Buch steckt voller klutistischem Kram. Und es ist über und über mit Pseudowissenschaft versehen. Ich glaube nicht, dass auch nur eine der Formeln funktioniert. Für mich sieht es so aus, als wäre es von einem Haufen Irrer geschrieben worden", meinte Emma zu der noch immer recht verschlafenen Mifti.

„Ein Irrer oder zwei Genies?", fragte da plötzlich eine Stimme hinter ihnen.

In der Tür zum Wohnzimmer standen plötzlich zwei der Typen aus Miftis Albtraum. Kazuha kam gerade mit einem Teller vor Essen aus der Küche durch die andere Wohnzimmertür und ließ diesen erschrocken fallen. „W- wie sind Sie hier hereingekommen?", fragte sie entsetzt.

„Wir haben das Türschloss geknackt. Wir sind sehr gut im Knacken von Schlössern", sagte der eine Typ in der grauen Kutte.

„Und im Abfackeln von Gebäuden", fügte der Andere hinzu, der eine braune Kutte trug.

„Wir haben zwei Polizisten belauscht, wie sie auf der Straße darüber redeten, dass Ihr eine Kopie von unserem Buch habt", sagte nun wieder der Typ in der grauen Kutte.

„Uns umzubringen und das Buch hier zu vernichten wird Ihnen nichts bringen. Digitale Kopien davon sind inzwischen überall bei allen möglichen Polizisten", erklärte Mifti.

„Mag sein, aber wir haben aus dem belauschten Gespräch der beiden Dorfbeamten auch herausgehört, dass Ihr viel über uns herausgefunden habt. Und das wir es Euch zu verdanken haben, dass unser Labor sowie unsere geheimen Stützpunkte aufgeflogen sind. Gut, die beiden Stützpunkte hatten wir sowieso aufgegeben, aber um das Labor ist es echt schade", meinte der Typ in der grauen Kutte.

Sein Genosse nickte. „Sind Sie wirklich Freimaurer? Und die Nachfolger der Templer?", traute sich Emma nun zu fragen und man merkte ihrer Stimme an, dass sie Angst hatte.

„Wir identifizieren uns als Ebensolche. Aber im Laufe der Jahre haben wir ganz eigene Riten entwickelt und durch eine Vermischung von Alchemie und Magie sind wir unsterblich geworden", behauptete der Typ in der grauen Kutte.

„Unsinn! Das ist völlig unmöglich!", rief Mifti aus.

„Doch; es ist wahr. Wir sind jetzt Mitte zwanzig und sehen noch genauso jung aus wie mit 18. Also muss es funktioniert haben", argumentierte der Graubekuttete.

„Aber das geht doch Milliarden Menschen so!", widersprach Mifti.

„Nein! Unser Ritual hat funktioniert. Wir haben unsere

Genossen umgebracht und sind dank ihrem Tod unsterblich!", behauptete der Graue noch immer.

Sein Kollege in der braunen Kutte nickte zustimmend. Dann redete der Typ in Grau weiter: „Wie dem auch sei. Ihr drei Frauen seid jedoch nicht unsterblich und Ihr musstet ja unbedingt hinter unsere Geheimnisse kommen; also müsst Ihr sterben."

„Ihnen ist aber schon klar, dass wenn Sie jetzt nicht hier in der Wohnung aufgetaucht wären, wir Ihnen wahrscheinlich nie auf die Spur gekommen wären. Ich meine, wir wissen weder wer Sie sind, noch wo Sie wohnen; sie hätten es einfach auf sich beruhen lassen können und alles wäre für Sie gut gewesen", sprudelte es plötzlich aus der nun sehr ängstlichen Emma heraus.

„Das stimmt. Das war ziemlich dumm von Ihnen und so dumm wie Sie sind, liegen Sie mit Sicherheit auch mit der Unsterblichkeit falsch", meinte Mifti und klang dabei herausfordernd.

„Nein! Wir haben recht; wir sind unsterblich!", schrie der Typ in der grauen Kutte.

„Sind Sie nicht", entgegnete Mifti.

„Doch!"

„Nein!"

„Doch!"

„Nein!"

„Doch!"

„Unsinn!"

„Wir sind unsterblich!"

„Dann beweisen Sie es!", forderte Mifti.

„Wir sind die Allergrößten und unser Ritual war perfekt! Wir sind unsterblich und das beweisen wir Euch jetzt!", rief der Typ in der grauen Kutte.

An seinen Genossen gewandt befahl er: „Los. Zieh dein Messer."

Der Typ in der braunen Kutte zog sein Messer. Emma blickte verängstigt auf die beiden Messer, während sich Mifti im Geiste kampfbereit machte. „Und jetzt beweisen wir Euch Ungläubigen, dass wir Unsterbliche sind", sagte der Graubekuttete.

Die beiden Typen richteten ihre Messer auf einander und rammten sie sich gegenseitig mit voller Wucht in den Bauch. Vor Schmerzen schreiend sackten sie zu Boden und jeder der beiden zog das Messer aus dem Bauch des anderen. Das Blut strömte literweise aus den Wunden. „Scheiße! Vielleicht sind wir doch nicht unsterblich!", schrie der Typ in der braunen Kutte.

„Ich verstehe das nicht! Das Ritual war doch perfekt!", brüllte sein Genosse.

An die drei Frauen gewandt rief der Braunbekuttete: „Los! Ruft einen Krankenwagen!"

Emma starrte schockiert auf die beiden Typen, die nun den Teppich des Wohnzimmers vollbluteten. „Einen Krankenwagen!", schloss sich nun auch der Graubekuttete dem Ruf seines Genossen an.

„Okay. Rufe ich sofort", sagte Mifti und ging zum Telefon.

Dort angekommen rieb sie sich nachdenklich mit Daumen und Zeigefinger übers Kinn und schien zu überlegen. „Worauf wartest du!?", fragte der Typ in der braunen Kutte, die nun immer mehr rot gefärbt wurde.

„Ich überlege wie die Nummer war", antwortete Mifti.

„112!", schrie der Braunbekuttete.

„Ah ja, richtig."

Mifti begann zu wählen. Sie hielt sich den Hörer ans

Ohr und wartete. Und wartete. Und wartete. „Was ist?! Geht keiner ran?!", fragte der Graubekuttete panisch.

„Nein, irgendwie komme ich nicht durch. Ich werde mich doch nicht verwählt haben; die Nummer war doch 113, oder?", fragte Mifti unschuldig.

„Nein! 112! Du dumme Fotze! Willst du uns hier verrecken lassen?!"

„Aber nicht doch. Ich hab's nur nicht so mit Zahlen. Also dann, ich wähle: 114", sagte Mifti und tippte erneut ein paar Zahlen.

An Emma und Kazuha gewandt flehte der Braunbekuttete: „Hört mal! Wir sind steinreich! Wir geben Euch so viel Geld wie Ihr wollt! Nur bitte rettet uns!"

„Oh. Wie viel Geld wollt Ihr uns denn geben?", fragte Kazuha.

„Was sagt Ihr zu 100.000 Euro?!"

„Zu wenig", antwortete Kazuha.

„200.000 Euro."

„Zu wenig."

„300.000 Euro."

„Noch immer zu wenig."

„Junge, die verdammte Hure will nur Zeit schinden, bis wir verblutet sind!", schrie nun der Graubekuttete.

„Bitte! Wir haben wirklich ganz viel Geld! Wenn Ihr uns rettet und uns laufen lasst, könnt Ihr alles haben!", flehte der Braunbekuttete.

„Ihr habt kein Geld. Die echten Templer und Freimaurer haben Geld. Ihr habt gebrauchte Bunker und bereits seit Jahrhunderten vorhandene Tunnelanlagen benutzt. Hättet Ihr Geld, hättet Ihr euch in irgendwelchen Villen oder so getroffen", meinte Mifti, die nun die Killer nicht mehr siezte.

„Es ist aus!", schrie der Graubekuttete und fing an zu heulen.

„Nein! Ist es nicht!", brüllte der Braunbekuttete, nahm das Messer und setzte all seine Kraft ein um aufzustehen.

„Bevor ich sterbe, nehme ich Euch mit in den Tod!", schrie er die drei Frauen an und begann mit dem Messer in der Hand auf sie zuzuwanken.

Kazuha reagierte sofort. Sie nahm eine Blumenvase und schmiss sie dem Typen gegen den Kopf. Die Vase zerbrach an seiner Birne, er wankte, drehte sich um und fiel mit seinem Messer voran auf seinen noch immer am Boden liegenden Genossen. „Nein!", schrie dieser, bevor er von dem Messer durchbohrt wurde.

Nun nahm Mifti das Telefon und rief einen richtigen Krankenwagen sowie die Polizei.

*

Als die Beamten wenig später eintrafen, untersuchten sie kurz den Ort des Geschehens und ließen sich von den drei Frauen den Gang der Ereignisse erklären. Am Ende kamen sie zu dem Schluss, dass die irren Killer in ihrem Unsterblichkeitswahn durchgedreht und sich deswegen gegenseitig umgebracht hatten; so war es ja auch gewesen.

Die Polizei in Mahlow konnte zufrieden sein, dass sie den Fall lange vor den Berliner Beamten gelöst hatte. Wobei, eigentlich hatten ja Emma und Mifti den Fall gelöst; unter Mithilfe von Kazuha. Und auch das streng genommen nur deswegen, weil die Killer so dumm waren mit den Frauen auf direkten Konfrontationskurs zu gehen. Hätten sie sich von Emma und den beiden anderen Damen fern gehalten, wären sie wohl unentdeckt geblieben.

Es dauerte eine ganze Weile, bis Mifti, Kazuha und Emma das Blut aus dem Teppich herausbekommen hatten. Die Dorfpolizisten boten zwar an, dass das ein professioneller Tatortreiniger machen könnte, aber die Frauen wollten das lieber selbst erledigen. Als die Beamten mit den Leichen abgezogen waren, putzten sie so gut sie konnten den Teppich. Emma fragte währenddessen: „War es richtig, den Anruf so lange hinaus zu zögern? Hätten wir sie vielleicht doch retten sollen?"

Mifti und Kazuha schüttelten den Kopf. „Nein", antwortete Mifti kurz und knapp.

Kazuha führte das etwas genauer aus: „Die Typen wollten uns ermorden. Hätten wir sie gerettet, wären sie vielleicht als Nächstes aus dem Krankenhaus ausgebrochen und hätten es erneut versucht. Oder sie hätten mit Hilfe irgendeines findigen Anwalts in der ganzen Sache ein Schlupfloch gefunden, wären wieder freigekommen und hätten anschließend wieder bei uns auf der Matte gestanden. Oder irgendwer hätte sie wegen eines Formfehlers oder wegen Mangel an Beweisen laufen lassen; diese Irren wussten, wohl aus der Unterhaltung der Polizisten die sie belauschten, wo wir wohnen. Glaub mir mein Kind; es ist besser, dass wir sie jetzt vom Hals haben."

„Okay", sagte Emma und nickte.

Trotzdem schien sie das Ganze etwas mitzunehmen. Mifti legte ihrer Cousine tröstend eine Hand auf die Schulter und meinte: „Sieh mal. Du hast toll ermittelt. Wärst du nicht so hartnäckig gewesen und hättest immer weiter geforscht, wären die Täter niemals aus der Deckung gekommen. Und umgelegt haben sie sich wegen ihrer eigenen Dummheit gegenseitig; du hast dir also nichts vorzuwerfen. Das Wichtigste ist nur, dass die Typen Geschichte sind und bald Erdkunde machen. Und das wir infolgedessen in Sicherheit vor ihnen sind. Ich meine, wer weiß wie viele Morde sie wegen ihrer komischen Rituale noch begangen hätten; das alles haben wir, und dabei vor allem Du, verhindert. Die Welt ist heute wegen deiner Ermittlungen ein ganzes Stück weit sicherer geworden, aber das hatte eben seinen Preis. In diesem Fall ist es nur ein versauter Teppich, aber wären die nicht so verrückt und dumm gewesen und hätten sich infolge ihrer dummen Verrücktheit nicht gegenseitig umgebracht, hätte das Ganze für uns übel enden können. Ich meine, ja wir hätten um unser Leben gekämpft, aber wer weiß ob wir gewonnen hätten? Das Lösen eines Falles ist für Privatpersonen wie dich und mich eben mit einem gewissen Risiko behaftet."

„Da hast du wohl recht", stimmte die gute Emma Mifti zu.

„Also dann. Wischen wir die Sauerei auf", meinte Mifti und schrubbte weiter.

Emma und Kazuha taten es ihr gleich.

*

Es dauerte zwar einige Stunden, aber schlussendlich war der Wohnzimmerteppich wieder sauber. „Puh. Allerheiligen habe ich mir anders vorgestellt", sagte Kazuha und wischte sich den Schweiß von der Stirn. Die drei Frauen begutachteten das Ergebnis ihrer Arbeit und waren zufrieden. „So. Und jetzt koche ich uns erstmal was Schönes", verkündete Kazuha und ging in die Küche.

Emma blickte nachdenklich auf den nun wieder sauberen Teppich. „Woran denkst du?", wollte Mifti von ihr wissen.

„Ich überlege, ob das alles so gut war? Ich meine, meine Mutter, du und auch ich schwebten echt in Lebensgefahr. Und das nur weil ich unbedingt in diesem Fall ermitteln musste. Ich weiß nicht, ob ich so ein Risiko noch einmal eingehen sollte? Vielleicht wäre es besser, mich in Zukunft wieder mehr auf meinen Chemietraum und weniger auf das Kriminalhobby zu konzentrieren..."

„Das musst du wissen."

„Aber was meinst du, Mifit? Wozu würdest du mir raten?"

„Schwer zu sagen... Gehen wir das Ganze logisch an. Wenn wir ganz ehrlich sind, war ich es ja, die vorhin die beiden Killer ausgetrickst hat. Und deine Mutter hat einem von ihnen eins mit der Vase verpasst. Du hattest, so lieb ich dich auch habe, vor allem Angst und warst nicht gerade kampfbereit. Wären wir nicht dabei gewesen, wärst du wohl draufgegangen schätze ich."

„Seufz. Da hast du wohl recht. Ich bin zwar recht schlau und kann gut analysieren, aber ich fürchte als Detektivin

107

bin ich eher ungeeignet. Ist wohl besser, ich lasse das in Zukunft sein...", fand Emma.

„Ja, ist wahrscheinlich besser. Zumal man nicht immer das Glück hat, an so dumme, gestörte Killer wie die beiden Irren von vorhin zu geraten", stimmte Mifti ihrer Cousine zu.

„Wohl wahr. Na komm. Gehen wir in die Küche und sehen, ob wir meiner Mama bei irgendwas helfen können", schlug Emma vor.

Mifti nickte und gemeinsam begaben sie sich zu Kazuha in die Küche.

Mifti blieb noch zwei Wochen zu Gast bei Emma und Kazuha und hatte somit noch 14 sehr schöne Tage im beschaulichen und nun etwas sichereren Mahlow. Im Anschluss reiste Mifti wieder nach Hause zurück, hielt aber mit Emma und Kazuha per Internet Kontakt und besuchte ihre beiden lieben Verwandte mindestens einmal im Jahr.

Ende

Romantipps

Der Nordische Bund führt Beitrittsverhandlungen mit den skandinavischen Ländern, was der Sowjetunion nicht verborgen bleibt. Finnland war es während des Großen Krieges gelungen, seine Unabhängigkeit zu erlangen – eine Tatsache, die dem sowjetischen Diktator Josef Stalin nicht gefiel. Also beschließt er, das östlichste skandinavische Land zu erobern, bevor es für die Sowjetunion durch den Bundesbeitritt für lange Zeit unerreichbar wird. Stalins Truppen fallen in die Grenzstadt Lappeenranta ein und versuchen von dort aus das ganze Land zu erobern. Offiziell rechtfertigt

Stalin die Invasion damit, dass Finnland lange Zeit zum alten Russland gehörte und er es von den Weißgardisten befreien will. Tatsächlich geht es dabei aber ausschließlich um eine Erweiterung des sowjetischen Machtbereichs. Doch Stalin sieht sich im winterlichen Finnland tapferen Verteidigern gegenüber, die ihr heiliges Vaterland nicht dem Sowjetimperialismus überlassen wollen. Unterstützt werden die Finnen von ihren deutschen Verbündeten, die Kaiser Wilhelm III heimlich ins Land einsickern ließ. Die deutschen Truppen stehen unter dem Oberbefehl der bewährten deutschen Generalstäbler von Ludendorff und von Stetten. Unter dem direkten Kommando von Stettens kämpft ein junger Offizier namens Hans von Dankenfels …

In dem Buch "Arme Kassandra" vom Kaiserfront-Autor Christian Schwochert geht es um eine junge Frau in Berlin, die sich den Lügen und Manipulationen ihrer Umwelt erwehren muss. Am Anfang der Geschichte beobachtet sie einen grausamen Mord, aber kaum jemand glaubt ihr, dass dieser tatsächlich stattgefunden hat. Mehr noch: die Medien stellen sie sogar als Verbrecherin hin und sie ist gezwungen zu beweisen, dass der Mord wirklich stattgefunden hat. Als Bonus gibt es einen Artikel UND ein sehr gutes Interview mit dem berühmten Journalisten Billy Six. Der Artikel ist bereits in "Ariel in der Antarktis" erschienen; dadurch entstand auch die Idee ein Interview mit dem ehrenwerten Journalisten zu machen. Hier wird es nun gedruckt veröffentlicht.

Zeitfracht Medien GmbH
Ferdinand-Jühlke-Straße 7
99095 Erfurt, Deutschland
produktsicherheit@kolibri360.de